UNE INITIATION AUX

Cristaux

CASSANDRA EASON

LES PETITS LIVRES D'ÉSOTÉRISME

UNE INITIATION AUX Cristaux

…LIBÉREZ LE POUVOIR QUI EST EN VOUS…

MARABOUT

Traduction de Julie Sence-Herlily

Publié pour la première fois en 2015 par Sterling Publishing CO., INC., USA,
sous le titre *A LITTLE BIT OF CRYSTALS : An Introduction to Crystal Healing.*

Cette édition a été publiée avec l'accord de Sterling Publishing Co., Inc.,
1166 Avenue of the Americas, New York, NY, USA, 10036.

SOMMAIRE

INTRODUCTION

Les cristaux sont l'outil psychique le plus fascinant et le plus puissant, car ils agissent comme des vecteurs et des amplificateurs de santé, de bonheur, d'amour, de succès et de prospérité tout en renforçant l'énergie et la protection d'une maison ou d'un lieu de travail.

Si vous vous demandez pourquoi les pierres renferment autant de pouvoir, sachez que l'objet le plus ancien jamais trouvé sur terre est un minuscule fragment de zircon découvert en Australie-Occidentale, daté de 4404 milliards d'années. Le caractère ancestral de chaque cristal, ainsi que la façon dont il a été formé - par les eaux vives, le feu des volcans, la terre et le vent -, lui confèrent une intensité qui est en lien direct avec notre nature spirituelle innée.

Les cristaux libèrent ce pouvoir de façon très naturelle quand nous les tenons dans nos mains, les disposons dans une pièce ou les portons en bijoux. Ils transforment, d'une manière qui nous est à peine compréhensible, n'importe quelle négativité circulant dans notre vie en énergie positive. Lorsqu'ils captent la lumière, ils font rayonner la joie et l'apaisement. Les cristaux nous connectent également à nos anges et à nos guides spirituels, comme nous le verrons aux chapitres 1 et 8.

Nombreux sont ceux qui ont tenté d'expliquer les propriétés merveilleuses des cristaux. Dans la Grèce ancienne, on croyait que tous les morceaux de quartz trouvés sur terre étaient des fragments du cristal de Vérité qu'Hercule avait fait tomber du mont Olympe, demeure mythique des dieux. Le philosophe grec Platon (427-347 av. J.-C.) affirmait quant à lui que les étoiles et les planètes transformaient les matières décomposées ou en passe de l'être en des pierres précieuses qui étaient liées à leur étoile ou planète mère. Vous en apprendrez davantage sur les cristaux associés aux signes du Zodiaque et aux planètes dans le chapitre 8. Enfin, pour les peuples autochtones du monde entier, notamment les Aborigènes d'Australie et les Amérindiens, les pierres et les cristaux sont des entités vivantes, des manifestations du Grand Esprit créateur qui ont le pouvoir de soigner les plantes, les animaux et les personnes.

LES VERTUS THÉRAPEUTIQUES DES CRISTAUX

Les cristaux sont un outil de guérison efficace, non pas en tant qu'alternative à la médecine conventionnelle, mais parce qu'ils stimulent notre propre système immunitaire et développent nos pouvoirs innés pour l'autoguérison d'une façon que nous ne pouvons pleinement expliquer. Ils peuvent accélérer les effets attendus des médicaments pharmaceutiques, ou soulager les effets secondaires d'un traitement nécessaire mais lourd. Quand une intervention médicale conventionnelle reste sans effet sur un patient atteint d'une maladie chronique, ils soulagent même souvent la douleur et l'anxiété.

Les enfants sont doués pour soigner avec les cristaux. Par exemple, un enfant, même très jeune, choisira instinctivement parmi une collection de différentes pierres le quartz rose ou l'améthyste violette pour soulager des maux de tête, ou encore la citrine jaune pour apaiser des maux de ventre.

Ce savoir naturel existe en chacun de nous, nous le portons peut-être dans nos gènes, mais la logique et le monde dans lequel nous vivons nous rendent méfiants vis-à-vis de cette sagesse innée. Cependant, en utilisant les cristaux au quotidien, cette connaissance redevient spontanément accessible en l'espace de quelques semaines. Vous réaliserez souvent qu'une pierre que vous aurez choisie simplement au toucher, même avec les yeux fermés, parmi une sélection de nombreuses sortes de cristaux, soulagera un problème d'ordre physique ou émotionnel particulier et qu'il s'agira en fait de celle qui est recommandée depuis des centaines d'années pour soulager cette même condition.

Le chapitre 7 est consacré au pouvoir thérapeutique des cristaux, mais vous verrez que la guérison est un thème qui apparaît naturellement dans la plupart des chapitres.

TRAVAILLER AVEC LES CRISTAUX

On peut classer les cristaux en trois catégories : selon leur forme, leur espèce et leur couleur. Si, face à une nouvelle pierre, vous n'êtes pas sûr du type auquel elle appartient, sa couleur et sa forme vous aideront de façon fiable à en déterminer les propriétés. Au fil des ans, vous pourrez assembler différentes formes, espèces et couleurs de cristaux afin d'avoir une collection complète et adaptée à chaque situation.

En cas de doute sur la signification d'un cristal, tenez-le dans le creux de vos mains jointes en offrande et laissez les images, les mots et les impressions venir à vous. Ces sensations vous guideront quant à la meilleure utilisation de chaque pierre. Si vous hésitez encore, demandez-vous : « Qu'est-ce que ce cristal me fait ressentir ? » Votre instinct prendra ensuite la relève.

LA FORME

RONDE : les cristaux ronds offrent des flux d'énergie continus et sont idéaux dans n'importe quelle situation.

POINTUE : les cristaux pointus apportent des énergies plus puissantes et ciblées. Pointez la pierre vers vous pour bénéficier de son énergie, de ses bienfaits thérapeutiques ou de sa protection et orientez-la vers l'extérieur si vous souhaitez vous débarrasser de douleurs ou d'énergies nocives.

CARRÉE OU RECTANGULAIRE : les cristaux carrés ou rectangulaires sont synonymes de stabilité. Ils équilibrent donc une maison ou un lieu de travail à l'environnement bouillonnant. Ils absorbent également le mal. Lavez-les régulièrement sous le jet du robinet si vous les utilisez pour leur protection.

OVALE : les pierres ovales attirent l'amour, favorisent la fécondité, apportent l'abondance et le bonheur aux familles, aux enfants et aux animaux, libérant leur doux pouvoir thérapeutique à l'endroit et au moment où l'on en a besoin.

ALLONGÉE, EN PRISME OU EN BAGUETTE : ces cristaux offrent la prospérité à plus long terme, c'est-à-dire un succès qui va lentement s'accroître, ainsi que la réussite professionnelle. Ils protègent les voyageurs et agissent comme un véritable bouclier contre les personnes malveillantes. Les pierres en forme de baguette peuvent être utilisées pour adresser un vœu à l'Univers, pour soi ou pour les autres (ces pierres pointues étaient probablement les toutes premières baguettes magiques).

SPHÉRIQUE : les cristaux sphériques, en particulier le cristal de roche, ont des vertus énergisantes et purifient n'importe quelle pièce ou espace de travail. Ils attirent la prospérité, la santé et la joie et peuvent transformer l'inertie, la maladie, la mauvaise fortune ou la négativité en lumière et en chance.

PYRAMIDALE : les pierres en forme de pyramide, notamment celles dont la base est large et la hauteur modérée, ont des propriétés apaisantes naturelles et des pouvoirs psychiques démultipliés. Dans une chambre, elles favoriseront un sommeil serein, et à la maison ou au bureau, elles seront propices au calme, à l'unité et à l'harmonie.

L'ESPÈCE MINÉRALE

QUARTZ : minéral le plus communément trouvé sur terre, il est vecteur de changement et insuffle son énergie aux personnes, aux lieux ou aux situations. Son intensité varie selon que le cristal est tendre ou brillant.

JASPE : apporte pouvoir et épanouissement.

AGATE : procure équilibre, protection et stabilité.

FOSSILE : ralentit les flux d'énergie mais confère sagesse et compassion.

ROCHE VOLCANIQUE : comme l'obsidienne, par exemple. Permet de briser l'inertie et constitue un véritable bouclier de défense.

GÉODE : cette pierre dans laquelle sont incrustés de petits cristaux, ou qui, lorsqu'elle est coupée en deux, révèle deux moitiés de cristaux identiques, disperse toute énergie négative qui émane de la terre ou qui circule dans un terrain. Elle bannit les esprits et encourage le développement des talents cachés.

LA COULEUR

Tenez compte de la couleur du cristal ainsi que de sa nuance, qu'elle soit transparente et brillante ou bien d'une teinte plus sourde et voilée. Certaines couleurs, comme le rouge, l'orange et le jaune, sont naturellement chaudes et dynamiques, tandis que les verts, bleus et violets sont plus doux et plus calmes. Pour en faire le test, tenez une pierre rouge dans une main et un cristal d'un vert tendre dans l'autre. Vous sentirez presque immédiatement

l'énergie battante et dynamique de la pierre rouge et la force fluide, plus paisible, de la verte. D'ailleurs, l'un de mes clients, aveugle, identifie les énergies d'un cristal uniquement par le toucher. Vous allez vous-même développer cette faculté au fil du temps, en vous servant des centres d'énergie sensibles situés dans vos mains grâce au don extrasensoriel que l'on appelle psychométrie. Cela va vous permettre de ressentir de manière instinctive les messages détenus par les différents cristaux. La liste qui suit vous donnera un aperçu des qualités notables de chaque couleur.

Blanc, lumineux ou brillant

Innovation et inventivité, nouveaux départs, clarté, inspiration, talents qui se développent, ambition, rupture d'une série de malchances, bonne santé, vitalité, arrivée ou retour de la prospérité lorsque la chance n'est pas au rendez-vous, connexion aux anges et aux guides spirituels. Peut se substituer à toute autre couleur quand le cristal est utilisé pour soigner.

PIERRES PRÉCIEUSES ET CRISTAUX : aragonite, cristal de roche, fluorite, diamant, diamant d'Herkimer, quartz angel aura, quartz arc-en-ciel, saphir blanc, topaze blanche et zircon.

Blanc, tendre ou voilé

Développement plus lent du potentiel, protection contre la négativité, fertilité, grossesse, mères, bébés et jeunes enfants, espoir retrouvé, succès dans l'écriture et la poésie, nouveaux départs qui s'opèrent graduellement après une perte, conscience intuitive, réalisation de vœux et de rêves, connexion à une personne qui vit loin.

PIERRES PRÉCIEUSES ET CRISTAUX : calcite, howlite, opale laiteuse, quartz laiteux, pierre de lune, perle, sélénite et quartz neige.

Rouge

Action, courage, changement, force, détermination, pouvoir, énergie, passion pour la vie sous toutes ses facettes, virilité, victoire, consommation d'une union, succès dans les compétitions, lutte contre l'injustice, survie et capacité à venir à bout d'obstacles qui semblent impossibles à surmonter.

PIERRES PRÉCIEUSES ET CRISTAUX : agate rouge, héliotrope ou pierre de sang, opale de feu, grenat, jaspe, œil-de-tigre rouge et rubis.

Orange

Confiance, joie, créativité, fécondité, abondance, inventivité, indépendance, estime de soi, renforcement identitaire, bonheur, aventures créatives et artistiques.

PIERRES PRÉCIEUSES ET CRISTAUX : ambre, aragonite, béryl, calcite, cornaline, célestine, jaspe, mokaïte et pierre de soleil.

Jaune

Logique, attention, expertise financière (tout particulièrement en matière de spéculation et de technologies), communication, concentration, acquisition de nouvelles connaissances, tests et examens, projets lucratifs, adaptabilité et polyvalence, déménagements dans un petit périmètre ou courts séjours, guérison grâce aux soins conventionnels (notamment la chirurgie), barrage contre l'envie, la perfidie et la rancœur, protection contre les personnes potentiellement malveillantes.

PIERRES PRÉCIEUSES ET CRISTAUX : calcite (jaune et miel), chrysobéryl, citrine, jaspe, chrysoprase citron, quartz rutile et topaze.

Vert

Amour, quel qu'il soit et à tous les niveaux, fidélité et engagement, épanouissement et développement dans tous les aspects de la vie, acquisition de magnifiques possessions, environnement, plantes et jardins luxuriants, chance.

PIERRES PRÉCIEUSES ET CRISTAUX : amazonite, aventurine, chrysoprase, émeraude, fluorite, jade, malachite, agate mousse et tourmaline.

Bleu

Idéalisme, savoir-faire traditionnel, justice, problèmes de carrière et d'emploi (tout particulièrement liés à l'obtention d'un nouveau poste ou d'une promotion), opportunités de leadership, autorité, déplacements ou déménagements longue distance et grands voyages, mariage et partenariats de toutes sortes, développement commercial et financier basé sur des efforts fournis dans le passé, pouvoirs thérapeutiques.

PIERRES PRÉCIEUSES ET CRISTAUX : angélite, quartz aqua aura, calcédoine bleue, agate blue lace, quartz bleu, célestite/célestine, quartz aura cobalt, iolite, kyanite, lapis-lazuli, saphir, topaze et turquoise.

Violet

Conscience et développement spirituels, imagination, rêves symboliques, travail d'enseignement ou de conseil et coaching, bannissement d'éléments du passé qui posent encore problème au présent, rétablissement des liens avec des amis ou des membres de la famille avec lesquels vous avez perdu contact ou qui vivent loin, protection (physique, mentale, émotionnelle ou psychique).

PIERRES PRÉCIEUSES ET CRISTAUX : améthyste, amétrine, charoïte, fluorite, lépidolite, sodalite, sugilite, super seven et quartz titane.

Rose

Rétablissement de la paix, réparation des cœurs brisés, réconciliation et élimination des relations froides ou des chagrins de famille ou d'amour, relations familiales heureuses, amitié, douceur et bienveillance, tout ce qui concerne les petits ou les jeunes animaux, enfants et adolescents (notamment les jeunes filles qui entrent dans la puberté), femmes qui entrent dans la ménopause, amours jeunes ou nouvelles, épanouissement amoureux, ravivement de la flamme et retour de la confiance, sommeil paisible.

PIERRES PRÉCIEUSES ET CRISTAUX : corail, kunzite, manganocalcite ou calcite rose, morganite, calcédoine rose, quartz rose et tourmaline.

Marron

Stabilité, sécurité, fiabilité, tout ce qui a trait au concret, accumulation graduelle d'argent et protection de l'épargne, autoentrepreneuriat, acquisition de nouvelles compétences (tout particulièrement à un âge plus avancé), maison, propriété, institutions (comme les banques), seniors, animaux, préservation des lieux anciens et des traditions, retrouver ce qui est perdu ou volé.

PIERRES PRÉCIEUSES ET CRISTAUX : agate rubanée, rose des sables, bois fossilisé ou pétrifié, fossiles, jaspe léopard, quartz rutile, toutes les jaspes de couleur sable ou tachetées de brun, quartz fumé, œil-de-tigre et zircon.

Gris

Compromis, adaptabilité, capacité à faire profil bas dans les moments de danger ou de confrontation importune, neutralisation des énergies inamicales, préservation des secrets, bouclier contre les attaques d'ordre psychique.

PIERRES PRÉCIEUSES ET CRISTAUX : larme d'Apache (obsidienne transparente), agate rubanée, labradorite, pierre d'aimant, météorite, hématite argentée et quartz fumé.

Noir

Faciliter les fins nécessaires qui vont conduire à de nouveaux départs, bannir le chagrin / la culpabilité / les influences destructrices, accepter ce qui ne peut être changé, travailler dans les limites et les restrictions imposées, bloquer une force négative ou malfaisante, bénéficier d'une protection d'ordre psychique.

PIERRES PRÉCIEUSES ET CRISTAUX : corail noir, opale noire, perle noire, jais, obsidienne, onyx, obsidienne flocon de neige, tectite et tourmaline (schorl).

LES CRISTAUX TROUVÉS DANS LA NATURE

Traditionnellement, nos ancêtres trouvaient les cristaux sur les berges des rivières, les plages et les collines. Il ne s'agissait pas de pierres roulées ou polies : elles scintillaient depuis le rocher dans lequel elles étaient enchâssées, ou devaient être fendues afin que leur cœur étincelant puisse être révélé. Ouvrez l'œil, en particulier près de l'eau ou dans les endroits où les rochers sont érodés, il se peut que vous découvriez vos propres trésors, notamment du jaspe, du quartz et de l'agate, qui sont, de bien des façons, encore plus puissants que leur version polie.

Chaque région possède ses propres pierres. Celles-ci sont très puissantes, car elles portent en elles les énergies uniques d'un site, qui viennent renforcer leurs propriétés habituelles. Souvent, on trouve dans les marchés un étal proposant des cristaux découverts localement : vous pouvez ainsi vous procurer des versions brutes d'émeraude, d'opale, de rubis ou de

grenat qui ne sont pas aussi brillantes mais renferment les mêmes énergies que leur forme précieuse plus onéreuse.

Où que vous alliez dans votre propre pays ou dans le monde, achetez des échantillons locaux de cristaux et de pierres : non seulement ils auront en eux la force de leur terre d'origine, mais ils garderont aussi les heureux souvenirs de vos vacances. Lorsque vous les tiendrez ou les porterez, ils seront une source de joie ancrée dans l'occasion qui vous a conduit à les acheter lors d'un voyage spécial. Les cristaux absorbent autant qu'ils reflètent nos énergies et celles de leur région d'origine.

FAIRE D'UN CRISTAL UNE SOURCE DE FORCE ET DE GUÉRISON

Achetez n'importe quel cristal brillant, comme un cristal de roche, une citrine jaune ou une améthyste violet tendre, ou bien servez-vous de l'un de vos pendentifs favoris en cristal. Si vous ne pouvez pas vous en procurer facilement, trouvez une pierre ronde d'un blanc pur près de chez vous.

Tenez votre cristal dans vos mains jointes en offrande à la lumière naturelle du dehors, de préférence quand il fait soleil, ou dirigez-le vers la zone la plus lumineuse du ciel. Ainsi, il va s'emplir d'optimisme, d'énergie et de force pour attirer les choses positives dans votre vie. Tout en accomplissant ce geste, pensez à un moment de votre vie pendant lequel vous étiez libre, heureux, confiant et fort.

Laissez votre cristal à la lumière naturelle, à l'extérieur ou non, jusqu'à la tombée de la nuit. Ensuite, sortez et levez-le vers la lune ou la lueur des étoiles. Si c'est une nuit sans lune et qu'il fait sombre, allumez une bougie argentée ou blanche chez vous et approchez le cristal de la flamme afin qu'elle s'y reflète. Tout en accomplissant ce rituel, songez à un moment de votre vie où vous vous êtes senti protégé et en sécurité, cela va conférer

à votre pierre le pouvoir de vous protéger chaque fois que vous en aurez besoin. Si vous utilisez une bougie, laissez-la se consumer, ou laissez le cristal à la lueur de la lune ou des étoiles jusqu'à ce que vous alliez vous coucher.

Le lendemain matin, de préférence au moment du lever du jour ou à votre réveil, entourez le cristal de fleurs blanches, chez vous ou à l'extérieur. Rappelez-vous un temps où vous vous sentiez fort, en bonne santé et en forme : cela va attribuer au cristal des pouvoirs de guérison. Ne déplacez pas la pierre jusqu'au coucher du soleil, afin qu'elle puisse absorber les énergies de la mi-journée et du crépuscule.

Portez votre cristal régulièrement ou conservez-le près du centre de votre maison, où l'air et la lumière naturelle circulent. Dès que vous avez besoin de la force que vous avez placée en lui, tenez-le au creux de vos mains jointes en offrande et demandez ce que vous désirez. Refermez vos mains autour de la pierre et sentez ses énergies vous pénétrer. Par la suite, placez-la près de plantes pour la recharger avec l'énergie de Mère Nature. Vous pouvez recharger votre cristal dès que vous sentez sa force diminuer en le déposant devant une bougie blanche que vous laisserez entièrement se consumer.

1

PREMIERS PAS DANS LE MONDE DES CRISTAUX

Pour travailler avec les cristaux dans un but thérapeutique ou pour attirer la chance, l'amour ou la prospérité, ou bien pour être protégé et obtenir - des anges ou de votre propre intuition - les réponses aux questions que vous pourriez vous poser, il va vous falloir un ensemble de douze cristaux ronds, roulés (c'est-à-dire polis jusqu'à devenir lisses), de taille similaire et de couleurs différentes (voir la liste un peu plus bas). Chacun devrait faire la taille d'une pièce de monnaie moyenne. Les nombreuses utilisations que vous pourrez faire de vos douze cristaux clefs seront décrites au fil de ce livre, et je vous donnerai le nom d'autres pierres bienfaisantes afin que vous deveniez rapidement un expert en la matière.

Conservez ces douze cristaux de base dans un bol que vous placerez près du centre de votre maison ; sans regarder, prenez-en un, un matin à votre convenance, en vous servant uniquement du toucher. Demandez à votre esprit, à voix haute ou non, d'être guidé vers une pierre avec une intention particulière - par exemple, la confiance nécessaire pour s'exprimer avec clarté et autorité à une réunion de la première importance au travail. Autre possibilité : laissez votre main choisir le meilleur cristal qui vous donnera l'énergie spécifique dont vous avez besoin pour la journée. Le cristal est capable de prédiction et vous découvrirez qu'il reflète en effet les

événements de la journée qui vous attend. Gardez toute la journée la pierre que vous avez choisie avec vous, dans une petite bourse ou une pochette.

CHOISIR SES CRISTAUX

Si vous ne pouvez pas vous procurer les douze cristaux listés ci-après, remplacez-les par ceux qui figurent dans l'introduction à la rubrique consacrée aux différentes couleurs. Je vous recommande de vous rendre dans un magasin spécialisé et de passer la main au-dessus d'un plateau sur lequel seront disposés des cristaux de couleurs et d'espèces minérales similaires, afin de sentir de manière intuitive ceux qui sont faits pour vous. Cependant, il est possible d'acheter des pierres sur catalogue ou en ligne - j'aborderai plus tard la façon de purifier et de consacrer les cristaux afin de les faire véritablement vôtres. Enfin, sachez que les musées qui possèdent une section consacrée à la géologie vendent souvent des cristaux roulés ainsi que des gemmes brutes encore enchâssées dans la pierre pour décorer son chez-soi ou son lieu de travail.

LES DOUZE CRISTAUX CLEFS

Les cristaux sont opaques, transparents ou translucides, en fonction de la densité de leur teinte. Les cristaux opaques (par exemple, le jaspe rouge) sont d'une couleur profonde à travers laquelle il est impossible de voir. Ils emmagasinent et transmettent les énergies de manière puissante. Ceux aux tons plus doux ont une action plus modérée et mettent davantage de temps à agir. Les pierres brillantes et transparentes, comme le cristal de roche, à travers lesquelles il est possible de voir la lumière, sont plus légères et possèdent davantage de vivacité. Certaines présentent des lignes ou des craquelures à l'intérieur ; toutes les pierres transparentes transforment l'énergie, bien que les tons pastel voilés travaillent de manière plus graduelle. Les pierres translucides reflètent la lumière chatoyante depuis leur surface,

comme l'œil-de-tigre brun et sa belle brillance. Les cristaux translucides amplifient et renvoient les énergies en fonction de leur intensité.

1. Le cristal de roche, véritable force de vie

C'est la pierre du soleil, de la santé, de la richesse, du succès et du bonheur. Ce cristal clair, brillant et très polyvalent dans son utilisation apporte énergie, chance, prospérité, joie, initiative et de nouveaux départs. Tenez votre cristal de roche dans la main avec laquelle vous écrivez, formez le vœu qui vous tient le plus à cœur au monde, puis sortez… et faites tout pour qu'il se réalise !

Quand le cristal de roche apparaît comme votre cristal du jour, abordez votre journée avec optimisme et saisissez pleinement toutes les opportunités qui vont très certainement s'offrir à vous.

2. La pierre de lune, pierre de l'intuition

D'un blanc translucide et brillant ou de couleur crème, elle est la pierre de la lune à toutes ses phases. La pierre de lune va faire advenir des succès inattendus dans votre vie, en vous faisant par exemple rencontrer l'âme sœur, ou en développant vos liens amoureux avec une âme sœur. Elle aide les personnes anxieuses ou qui ont des difficultés à mettre en route une grossesse ; les enfants peuvent s'en servir pour prévenir les cauchemars ; elle favorise l'harmonie des hommes et des femmes avec leurs rythmes naturels et leurs émotions. La pierre de lune veille aussi sur les voyageurs et ceux qui effectuent des trajets quotidiens pour aller travailler. Enfin, elle contribue à la réalisation des rêves les plus grands.

Si la pierre de lune est votre cristal du jour, elle vous incite à faire confiance à votre intuition. Méfiez-vous des personnes qui cachent leur jeu et veillez à ne pas emprunter la voie de la facilité.

3. Le jaspe rouge, cristal du courage et du changement

Pierre de Mars, le jaspe rouge procure force et énergie dans les périodes chargées où il vous est impossible de vous reposer. Une situation stagne ou avance à reculons ? Le jaspe rouge la débloque et vous remet sur la voie du succès. Utilisez-le pour prendre le devant de la scène, si vous êtes victime de harcèlement, devez lutter de front contre le préjudice ou l'hostilité, ou avez besoin de protection face à une attaque d'ordre physique ou émotionnelle.

Vous avez choisi le jaspe rouge comme cristal du jour ? Allez directement chercher ce que vous voulez et n'acceptez pas le moindre refus.

4. La cornaline orange, pierre de la créativité et de l'indépendance

Associée à Uranus, votre cornaline orange et sa belle brillance vous emplissent de confiance et de productivité de la façon dont vous avez le plus besoin, qu'il s'agisse de concevoir un enfant, de démarrer une aventure artistique ou littéraire, ou de vous exprimer de manière créative sous une autre forme. La cornaline orange est excellente pour les autoentrepreneurs et ceux qui souhaitent partir à la découverte de centres d'intérêt différents et se faire de nouveaux amis.

Comme cristal du jour, la cornaline indique que le moment est opportun pour agir de façon indépendante, sur le plan émotionnel ou professionnel. Ne vous sous-estimez pas et n'acceptez pas de jouer le second rôle.

5. La citrine jaune, pierre d'apprentissage et de spéculation financière

La citrine jaune, brillante, est le cristal de Mercure, planète qui évolue rapidement. Elle va vous faire sourire et se révéler porteuse de réussite si vous êtes en train d'apprendre de nouvelles choses. Surnommée « la pierre

du marchand », elle promet le succès des spéculations financières et des transactions commerciales, en particulier de celles qui ont trait à la vente, l'achat ou les études quelles qu'elles soient. Il en va de même pour tout ce qui est lié à la communication et aux idées lucratives.

Sélectionnée comme cristal du jour, la citrine montre que vous devriez communiquer vos idées et vos besoins de manière claire, tout particulièrement au travail. Essayez de nouvelles activités, visitez des endroits inconnus et sautez le pas plutôt que de vous freiner.

6. L'aventurine verte, cristal de la chance

Associée à Vénus, l'aventurine verte est un porte-bonheur qui lui vaut le surnom de « cristal du joueur ». Avec ses vertus protectrices contre les accidents de tous types, elle est excellente si vous courez perpétuellement partout ou que vos enfants ont tendance à se blesser facilement. Au travail, elle vous aidera à trouver de bonnes idées et des solutions positives aux problèmes récurrents. C'est aussi le cristal de l'amour et de la fidélité ; il permet un épanouissement en douceur dans tous les aspects de votre vie.

En tant que cristal du jour, l'aventurine vous dit que tout ce que vous ferez sera une réussite et que les personnes qui vous entourent se montreront particulièrement coopératives. Mon conseil : inscrivez-vous à un concours ou achetez un ticket de Loto !

7. La sodalite bleue, cristal de sagesse

La sodalite, pierre de la planète Jupiter, vous encourage à parler avec sagesse en choisissant vos mots avec soin plutôt que de prendre des décisions tête baissée ou de réagir de manière impulsive face à des situations ou des personnes. Votre sodalite vous aidera à trouver et à suivre le bon chemin. Pour votre famille et vos collègues, elle fera de vous un ami et un conseiller plein

de bon sens, tout en vous garantissant l'opportunité de piloter une affaire ou un projet qui vous est cher. C'est une pierre qui promet une ascension lente mais assurée de votre carrière, ainsi que le bonheur dans un partenariat ou un mariage.

Vous avez sélectionné la sodalite comme cristal du jour ? Celle-ci vous conseille de bien vérifier toutes les informations si des questions semblent incertaines. Attachez-vous aux avantages sur le long terme plutôt qu'aux résultats immédiats.

8. L'améthyste violette, pierre d'équilibre

Pierre de Neptune, l'améthyste tendre est le cristal antistress par excellence. On la surnomme « celle qui guérit tous les maux ». Elle apaise les personnes, les animaux et les plantes, et restaure les énergies des autres cristaux qui ont été trop sollicités (voir la partie consacrée à la purification des cristaux un peu plus loin). Elle est également formidable pour se débarrasser des envies irrésistibles, des peurs, de la panique et de la colère, à la maison ou au travail. L'améthyste protège en douceur des pollutions sonores en tout genre, comme celles générées par la technologie et les fantômes malveillants, ainsi que des énergies négatives qui circulent dans le sol, sous une maison ou un lieu de travail. Source d'équilibre et de raison dans n'importe quelle situation, elle est enfin propice au sommeil apaisé et au calme.

Si c'est votre cristal du jour, l'améthyste vous fait savoir que vous devez prendre du recul face à un conflit ; écoutez toutes les versions, mais ne laissez pas les exigences ou les agendas déraisonnables des autres exercer de pression sur vous ou précipiter votre décision.

9. L'œil-de-tigre brun, un avantage certain

Avec sa belle brillance, l'œil-de-tigre brun est un autre cristal du soleil. Il appelle dans votre vie les avantages financiers et personnels et les fait

grandir : c'est, là encore, un véritable porte-bonheur. Il est excellent pour les entrepreneurs et ceux qui démarrent leur activité, développent leurs compétences et leurs connaissances de base en vue d'opérer un changement radical de carrière ou de se mettre à leur compte. Il renforce aussi le côté artistique et apporte son énergie aux performances sur scène et aux arts créatifs, en particulier si vous visez la célébrité et la fortune. Enfin, c'est un cristal qui fait barrage aux pensées malveillantes et jalouses et a le pouvoir de les renvoyer à leur expéditeur.

Si vous avez sélectionné l'œil-de-tigre comme pierre du jour, c'est que vous devriez saisir toute opportunité de briller, vous assurer que les mérites de vos actions vous soient attribués et ne pas écouter les fausses rumeurs ou les personnes qui tentent de vous faire prendre parti.

10. Le quartz rose, pierre bienveillante et nourricière

Autre pierre de Vénus, le quartz rose est une bonne fée : il attirera la paix au travail et chez vous et amènera dans votre vie un amour tendre et digne de confiance, que vous soyez en train de nouer de nouvelles amitiés ou relations, ou que vous souhaitiez voir grandir l'amour déjà présent au sein de votre famille ou celui que vous partagez avec un être spécial. Le quartz rose est utile pour mettre fin aux querelles ou réchauffer les relations. Il soulage aussi les blessures du passé dues à la méchanceté ou la trahison. Tout comme l'améthyste, ce cristal est propice aux rêves paisibles et merveilleux. À l'instar de la cornaline, il agit également sur la fertilité.

Comme cristal du jour, le quartz rose vous fait savoir que vous avez peut-être besoin de trouver la paix, en famille ou au travail. Assurez-vous seulement de ne pas vous voir blâmé par les deux parties qui s'opposent ; les bonnes actions seront récompensées dans l'avenir.

11. L'hématite, pierre du feu qui couve et de la justice

Cette pierre métallique d'un gris brillant est un cristal de Mercure et de Mars. Elle vous protège du mal et de ceux qui, chez vous ou dans votre milieu professionnel, vous épuisent émotionnellement. Surnommée « la pierre de l'avocat », l'hématite amène la justice dans les affaires judiciaires, officielles et personnelles, ainsi que le succès dans tout ce qui vous passionne. Véritable cristal du feu intérieur, il fait ressortir vos talents, quels que soient votre âge et la phase de votre vie. Magnétique, l'hématite fera venir à vous le succès.

Vous l'avez choisie comme cristal du jour ? L'hématite vous conseille de régler de manière satisfaisante les problèmes qui durent depuis longtemps ; évitez de vous laisser entraîner dans la mesquinerie ou le chantage émotionnel.

12. L'onyx noir, pierre protectrice

Avec sa belle brillance noire, l'onyx est la pierre de la planète Saturne. C'est l'ultime cristal antipanique, celui qui désamorce les drames du quotidien au travail ou à la maison. L'onyx noir vous sera utile pour vous vider l'esprit si vous avez besoin de prendre une décision alors que vous êtes face à de nombreuses opinions divergentes ou qu'il y a beaucoup de pression sur vos épaules. Il réduit la surdépendance, que vous en soyez la source ou en fassiez l'objet, apporte l'ordre dans le chaos, et calme les personnes hyperactives qui ont tendance à être perfectionnistes et souffrent du stress de devoir faire des dizaines de choses à la fois. Il diminue aussi les effets des mauvaises influences et des jeux psychologiques auxquels vous ou vos êtres chers êtes soumis.

Si vous avez choisi l'onyx comme cristal du jour, résistez à quiconque fera pression sur vous pour vous faire changer d'avis ou obtenir des

concessions ; c'est une journée au cours de laquelle la vérité et la justice vont prévaloir, tandis que les secrets vont être révélés.

PURIFIER ET CHARGER SES CRISTAUX

Peu importe la façon dont vous avez obtenu vos cristaux, il est important de les faire vôtres en ôtant les impressions laissées par les autres personnes qui les ont manipulés, en les chargeant de vos énergies et en les programmant avec des objectifs précis. Purifiez votre collection entière de cristaux chaque semaine, ou après en avoir fait une utilisation intensive. Le soir, nettoyez individuellement le cristal qui a été votre pierre du jour. Vous trouverez ci-après un certain nombre de méthodes : choisissez celle qui vous semble être la bonne en fonction du cristal et du moment.

Purifier un cristal tout juste obtenu ou après l'avoir utilisé

La citrine, l'apophyllite et la kyanite sont les seuls cristaux qui n'ont jamais besoin d'être purifiés.

AVEC DE L'EAU

Lavez les cristaux sous le jet du robinet. Cette méthode fonctionne pour la plupart des pierres roulées, à l'exception de celles qui sont fragiles, comme la sélénite, ou métalliques, comme l'hématite. Une fois lavés, laissez les cristaux sécher naturellement.

AVEC UNE AMÉTHYSTE

Autour d'une large pierre d'améthyste brute, formez un cercle de cristaux que vous laisserez ainsi pendant vingt-quatre heures, le temps que l'améthyste les purifie et les recharge.

GRÂCE À MÈRE NATURE

Déposez vos cristaux sur une petite assiette à même la terre ou dans le grand pot d'une plante verte pendant vingt-quatre heures.

AVEC UNE FRAGRANCE

À l'aide d'un bâton de fumigation composé d'armoise ou de cèdre, ou d'un bâton d'encens à base de citronnelle, de pin, de genévrier, d'oliban, de lavande ou de rose, tracez dans l'air, dans le sens inverse des aiguilles d'une montre, des cercles concentriques au-dessus des cristaux que vous souhaitez nettoyer, pendant trois à quatre minutes. Laissez ensuite l'encens se consumer totalement près des pierres.

PAR LE SON

Faites tinter une cloche à main ou des cloches tibétaines neuf fois, ou bien frappez un petit bol chantant au-dessus des cristaux et laissez-le résonner pendant environ une minute. Répétez l'opération deux fois jusqu'à ce que le son s'évanouisse.

PAR LA LUMIÈRE

Laissez les cristaux aux couleurs vibrantes et riches, ou ceux qui brillent, à la lumière du soleil depuis l'aube (ou le moment de votre réveil) jusqu'à midi. S'il fait sombre, allumez une bougie blanche ou dorée et placez-la à un endroit où la lumière viendra la nimber, puis laissez-la se consumer intégralement.

Disposez les cristaux translucides, aux teintes douces ou voilées, de telle sorte qu'ils baignent dans la lumière de la lune (un soir de pleine lune ou lorsque la lune est brillante), ou allumez une bougie argentée qui les éclairera.

AVEC DU SEL

Disposez les cristaux à l'intérieur d'un cercle tracé avec du sel ou sur une assiette posée au-dessus d'un bol de sel pendant vingt-quatre heures.

AVEC UN PENDULE EN CRISTAL

Passez un pendule en cristal de roche ou en améthyste au-dessus de vos cristaux disposés en cercle. Lentement, faites en neuf fois le tour dans le sens inverse des aiguilles d'une montre.

PAR LE SOUFFLE

Soufflez très doucement trois fois sur un cristal individuel que vous tiendrez au creux de vos mains.

CHARGER ET PROGRAMMER LES CRISTAUX

Vous pouvez charger les cristaux en énergie après les avoir purifiés. Tenez le cristal individuellement dans la main avec laquelle vous n'écrivez pas et, avec l'index de l'autre main, pressez doucement la surface de la pierre jusqu'à ce que vous ressentiez une douce vibration ou de la chaleur dans votre doigt. Demandez, à voix haute ou non, que le cristal choisi soit utilisé pour le plus grand bien et le but le plus pur. Si vous souhaitez vous en servir pour une raison bien particulière, demandez à vos anges gardiens ou à Exael, Omaël et Othias, les anges des cristaux et des gemmes, de bénir et de consacrer le cristal. Afin de charger votre collection de douze cristaux, disposez-les en cercle sur une table et passez les paumes de vos mains à environ trois centimètres au-dessus. De la main droite, tracez des cercles dans le sens des aiguilles d'une montre, tandis que de la main gauche, faites le même geste, mais vers la gauche. Accomplissez ce rituel pendant une ou deux minutes, demandant une nouvelle fois la bénédiction des anges.

2

LES CRISTAUX POUR LA MAISON ET LE JARDIN

Les cristaux améliorent la vie quotidienne en attirant l'abondance, le bonheur et l'harmonie dans votre foyer et en protégeant les enfants et les animaux de compagnie. Vous connaissez désormais les douze pierres que vous pouvez utiliser dans de multiples situations. À la fin de ce chapitre, vous aurez fait connaissance avec cinq cristaux supplémentaires que vous pourrez vous procurer facilement et à peu de frais. Vous pourrez ajouter ces pierres, particulièrement bénéfiques pour la maison et le jardin, à votre collection des douze cristaux du jour.

Placez les cristaux de votre choix, qu'ils soient roulés, bruts ou encore enchâssés dans leur matrice en pierre, tout autour de votre maison et de votre extérieur, ou encore dans les pots de vos plantes d'appartement afin de protéger votre périmètre, votre famille et vos possessions de tout mal, de toute menace ou interférence.

NIMBER SOI-MÊME, SA FAMILLE ET SA MAISON DE COULEUR CRISTALLINE

Quelquefois, les énergies qui circulent dans votre maison peuvent vous sembler disharmonieuses et tout le monde peut paraître léthargique ou

irritable et agité. C'est parce que l'aura, ou le champ invisible d'énergie autour de votre domicile, reçoit les impressions des personnes qui y vivent et qui rapportent du stress du travail ou de l'école, mais perçoit aussi celles des champs énergétiques des voisins, des visiteurs et du sol sur lequel la maison est bâtie.

Même le plus petit des cristaux pourra graduellement, en quelques mois, remplir l'atmosphère de joie, mais si vous, des membres de la famille ou la maison elle-même avez besoin d'un rapide boost d'énergie ou d'harmonie, essayez ce qui va suivre. Vous pouvez également le faire avant de recevoir des invités chez vous, afin de créer une belle atmosphère, puis après leur départ, pour disperser les énergies effervescentes et ramener le calme dans la maison.

Spécifiez bien ce que vous demandez à la couleur du cristal. Par exemple, vous sentir apaisé, ou faire revenir le bonheur dans la maison après une dispute. Fermez les yeux et choisissez une pierre de votre collection simplement par le toucher, en passant vos mains au-dessus du bol jusqu'à ce que vous soyez attiré par l'une d'entre elles. Vous allez vous connecter à celle dont vous aurez le plus besoin à ce moment-là et si sa couleur vous surprend, c'est que votre intuition naturelle, guidée par vos anges gardiens, a su relever les facteurs et les énergies sous-jacents que vous n'identifiez pas consciemment comme ayant besoin d'être réparés. Ainsi, le cristal que vous aurez choisi sera toujours le bon.

Si vous intervenez sur la maison, tenez-vous aussi près de son centre que possible. Placez la pierre sélectionnée au creux de vos mains jointes en offrande à quelques centimètres de votre visage. Lentement et doucement, prenez une inspiration par le nez tout en visualisant la lumière émise par le cristal : celle-ci sera de la même couleur que la pierre. Ressentez pleinement la lumière traverser toutes les zones de votre corps. Elle sera apaisante si elle

est d'une teinte froide, comme le bleu, et énergisante si ses tons sont chauds, comme le rouge. Si vous avez besoin de la couleur pour vous-même, expirez lentement par la bouche, comme si vous soupiriez, en visualisant les rayons sombres du stress, de l'anxiété ou de l'épuisement s'élever comme des volutes de fumée et quitter votre corps.

Dans le cas où vous accomplissiez ce rituel pour un autre membre de la famille (qui n'a pas besoin d'être présent), un animal ou une pièce de la maison en particulier, voire pour la maison dans son intégralité, réfléchissez à la raison pour laquelle vous avez besoin de la couleur. Soufflez doucement trois fois en visualisant la personne, l'animal ou l'endroit nimbés de lumière cristalline. Que vous envoyiez la couleur à vous-même ou vers une autre cible, poursuivez cette séquence à un rythme lent et régulier, en imaginant que la couleur cristalline vous enveloppe, vous ou le destinataire, dans une bulle de lumière protectrice, relaxante ou fortifiante. Vous pouvez faire cela où que vous vous trouviez, même de façon très discrète, au cours d'un voyage ou lorsque vous êtes au travail, en enserrant le cristal de vos deux mains ou en le touchant dans votre poche ou votre sac afin d'établir une connexion spirituelle.

PLACER SON CRISTAL AU CŒUR DE SON FOYER

Que vous soyez en location dans un studio ou que vous habitiez une maison à trois étages au milieu de nulle part, créez une oasis cristalline aussi proche du cœur de votre maison que possible, afin qu'elle soit harmonieuse et pleine de la force de vie qui apporte l'abondance et repousse le mal. Quelques jours seulement après avoir déterminé la place qu'occuperont vos cristaux, vous constaterez que vos repas, pris seul ou en famille, sont plus agréables ; que les membres habituellement difficiles de la famille

se montrent plus communicatifs et affables ; que les plantes, les animaux et les personnes s'épanouissent.

Mieux encore, la présence de cristaux au sein de votre foyer sur des mois et des années régule et équilibre spontanément les flux d'énergie, de telle sorte que vous devenez plus chanceux, bénéficiez d'une meilleure santé et profitez de relations plus harmonieuses chez vous, mais aussi à l'extérieur. Vous n'avez pas besoin d'acheter tous les cristaux que je vous suggère en une seule fois, ni bien sûr pas plus d'un ou deux pour chaque objectif, mais vous pouvez ajouter ceux que vous aimez au fil des mois et des années. Une fois que vous aurez commencé à collectionner les pierres, cela risque fort de devenir une passion à vie !

Vous aurez besoin :

- D'une table basse entourée de fauteuils ou de canapés confortables.
- De petites bougies blanches, une pour chacun des membres de la famille, y compris pour les absents et, si vous le souhaitez, pour les êtres chers que vous avez perdus. Allumez-les après la tombée de la nuit ou au fur et à mesure que chaque personne qui vit avec vous rentre à la maison, puis allumez celles que vous dédiez aux absents et aux disparus avec une bénédiction silencieuse.

Posez le bol contenant vos douze cristaux près du centre de la table, ainsi que des pierres supplémentaires si vous en avez appris davantage à leur sujet ou si elles vous attirent. Disposez en cercle un ange miniature en cristal par membre de votre famille (nous aborderons les anges en cristal pages 33 et 96). Vous pouvez également utiliser, à la place, leur cristal zodiacal, sous la forme d'un ange ou comme simple pierre supplémentaire (voir page 96). De même, vous pouvez y ajouter ou leur substituer un petit

récipient rempli d'anges en cristal (comme vu pages 33 et 96). Placez aussi au centre de la table une sphère en cristal de roche, afin de constamment transformer les énergies négatives ou polluées en vibrations harmonieuses et de faire rayonner la lumière, la chance positive, la santé et la prospérité tout en attirant les énergies.

Ajoutez une petite géode d'améthyste avec ses minuscules améthystes scintillantes dans leur pierre, afin d'absorber toute énergie négative de la terre sur laquelle votre maison est bâtie et de projeter calme et équilibre.

Pensez aussi à disposer sur la table une petite sphère ou pyramide de quartz rose qui attirera et retiendra l'amour et la loyauté dans votre foyer et transformera en gentillesse les mots méchants, la rivalité entre frères et sœurs, ou encore les chamailleries entre générations.

Complétez avec de la végétation et des plantes en pots (pas de fleurs coupées, car celles qui poussent encore diffusent mieux la force de vie), et, si vous le souhaitez, faites brûler une huile florale douce, ou disposez des pots-pourris à base de rose et de lavande pour aider les énergies à circuler et à s'équilibrer.

Dès que vous en avez le temps, asseyez-vous tranquillement à cet endroit, seul ou entouré des membres de votre famille. Installez-vous à la lumière des bougies, avec, pour seul bruit, une douce musique de fond. Bien entendu, les appareils électroniques ne sont pas les bienvenus dans cet espace. Les enfants peuvent profiter d'une fin de journée calme et paisible à la lueur des bougies et ainsi aller au lit détendus et heureux. Les adultes peuvent également terminer leur journée en contemplation silencieuse s'ils sont seuls, ou en conversant plutôt que de travailler à leurs projets depuis leur bureau, laissant ainsi le monde extérieur - notamment l'ordinateur ou la tablette - s'immiscer dans la maison, ou au lieu de regarder la télévision jusqu'à sombrer dans un sommeil agité. Le temps calme qu'offre ce

moment avec les cristaux est le meilleur remède contre l'insomnie et les coups de stress qui nous arrivent à deux heures du matin, quand on ressasse les événements de la journée.

DIFFUSER UNE ÉNERGIE DE FOND DANS LA MAISON

Si vous souhaitez que les repas se déroulent harmonieusement, gardez un récipient sur la table contenant des cristaux de très petite taille d'agate blue lace, de jade vert, de calcite verte ou bleue (polie ou naturelle), d'opale bleue des Andes, de calcédoine bleue et de fluorite verte ou violette, ou bien un mélange d'entre eux.

Attachez des cristaux transparents à des fils que vous suspendrez aux fenêtres afin d'attirer chez vous les arcs-en-ciel et ainsi la joie, la santé et l'abondance de toutes parts. Vous pouvez acheter des attrape-soleils dans le commerce, mais assurez-vous qu'ils soient en cristal véritable et non en verre.

Si un escalier fait face à votre entrée, des cristaux suspendus au-dessus des portes ouvrant sur un couloir, même s'il est minuscule, diffuseront la lumière et les énergies positives et encourageront la force de vie à circuler à l'étage plutôt que de s'envoler directement par la porte d'entrée.

Placez près de la porte d'entrée un petit bol rempli de cristaux à forte vibration, comme le lapis-lazuli bleu et or, l'ambre orange ou jaune, très brillante, la résine d'arbre fossilisée dans laquelle sont souvent figés des insectes ou des feuilles, l'amazonite verte, la chalcopyrite dorée, le quartz rutile doré et la bornite arc-en-ciel iridescente, connue également sous le nom de minerai de paon.

Si vous avez besoin d'une dose supplémentaire de courage avant de partir, le matin, lors d'une journée qui pourrait se révéler difficile, tenez

l'un des cristaux qui vous attire pendant une à deux minutes et respirez son énergie - ou bien emportez-le avec vous au côté de votre cristal du jour.

Touchez un cristal brillant à haute vibration, tel que le cristal de roche, la cornaline orange ou la citrine, quand vous souhaitez que l'on vous remarque socialement lors d'un rendez-vous galant ou d'une occasion spéciale, ou quand vous voulez faire des étincelles au travail. Là encore, si vous en avez envie, emportez-le avec vous dans un petit pochon.

Dans un bol près de la porte d'entrée, gardez également les cristaux aux tons plus sombres, comme de l'obsidienne noire (verre volcanique), du jais, de la larme d'Apache (une obsidienne à travers laquelle on peut voir la lumière) ou du quartz fumé. Vous pourrez ainsi en choisir un en rentrant du travail et le laisser absorber les tensions de la journée. Ces pierres sont aussi utiles pour repousser et réduire l'influence des voisins malveillants ou des visiteurs hostiles. Tenez le cristal sombre pendant une minute ou deux, jusqu'à ce que vous sentiez la tension s'évaporer. Plus tard, pensez à le laver et laissez-le sécher naturellement.

Si votre foyer vous semble en déséquilibre à la suite d'une vague de maladies, de querelles fréquentes ou de voisins désagréables, ou bien si vous êtes effrayé par une présence paranormale dans la maison, sachez que les cristaux d'améthyste, en particulier les géodes (de minuscules améthystes enchâssées dans une matrice en pierre), ont des vertus protectrices naturelles. Placez-les sur le rebord des fenêtres dans toutes les pièces (seules de toutes petites pierres sont nécessaires) ou ajoutez quelques améthystes supplémentaires à votre bol de cristaux principal. Dans le cas où vous auriez besoin d'un nouveau départ, utilisez des améthystes chevrons tachetées de blanc. Avant de les ajouter, tenez chacune d'elles entre vos paumes et dites : « Protège ma maison et tous ceux qui vivent sous son toit contre la négativité et transforme l'obscurité en lumière. ». Une fois par semaine, brûlez

un bâton d'encens à la lavande et passez-le au-dessus de chaque améthyste en cercles concentriques, d'abord dans le sens inverse des aiguilles d'une montre, puis vers la droite. Cela va permettre de purifier et de recharger vos cristaux.

Conservez trois ou quatre jadéites dans un bol d'eau afin de répandre des énergies fraîches et actives dans toute la maison ou sur votre lieu de travail.

LES CRISTAUX AU JARDIN

En conservant des cristaux dans votre jardin, sur un balcon ou près de vos plantes d'intérieur, vous améliorerez la vigueur de vos végétaux tout en amplifiant leur énergie, source de santé et de richesse, qui se diffusera alors à travers votre maison et votre famille. Les Chinois fabriquaient des jardins cristallins miniatures qui représentaient un chemin laissant temporairement entrevoir le paradis. Ces jardins miniatures étaient souvent en jade, une pierre associée à l'immortalité.

Parmi les pierres pour le jardin se trouvent l'agate bleue et sa version verte, l'agate mousse, ainsi que l'agate arbre, mais aussi la chrysoprase verte, le jade vert, le jaspe vert - qui présente souvent des marbrures sombres -, tout type d'agate rubanée, la fluorite verte, bleue ou violette, la calcite verte et le quartz rutile doré.

Placez une agate mousse ou agate arbre dans le pot d'une plante vigoureuse à côté de votre porte d'entrée, afin que seules les personnes et les énergies positives pénètrent chez vous lorsque la porte s'ouvre.

Piquez six petits cristaux de jade vert ou de quartz rutile dans un pot contenant du basilic, du thym ou de la menthe, ou au pied d'un laurier,

afin que la prospérité, la santé et les relations amoureuses s'épanouissent en même temps que la plante.

Délimitez le périmètre de votre maison avec quatre cristaux bienfaisants pour le jardin (peu importe lesquels, vous pouvez également les mélanger si vous le souhaitez). Installez-les sous des plantes protectrices telles que le bambou, le cactus, les lauriers, les palmiers, le myrte, le genévrier, l'aubépine ou les sorbiers des oiseleurs.

Enterrez des cristaux dédiés au jardin aux quatre coins de votre terrain, ou, si vous vivez en appartement, placez-les aux quatre coins de la maison dans des pots plantés d'herbes aromatiques. Parmi les herbes aux vertus protectrices, on compte le basilic, le cumin, la lavande, la menthe, le persil, le romarin, la sauge, le thym et le vétiver. Tenez chaque cristal un à un avant de le planter et dites : « Que les gardiens de cette terre préservent mon foyer et les êtres qui me sont chers de tout danger physique, psychologique et psychique, ainsi que de la malveillance des gens malintentionnés. »

Lorsqu'une plante ou un arbre en particulier dépérit, tracez des cercles avec un cristal pour le jardin tout autour, puis autour des feuilles ou du tronc, d'abord neuf fois dans le sens inverse des aiguilles d'une montre, puis dix fois vers la droite, tout en demandant à Mère Nature et à l'essence de l'esprit de la plante ou de l'arbre d'envoyer ses bienfaits et sa force dans ses racines. Accomplissez ce rituel quotidiennement jusqu'à ce que la plante reprenne de la vigueur.

Vous pouvez également énergiser l'eau d'arrosage de vos fleurs et plantes en y plaçant un jade vert deux à trois heures à l'avance.

Pour prolonger la vie de votre bouquet de fleurs fraîches, glissez un petit cristal de jade au fond du vase.

CINQ CRISTAUX BÉNÉFIQUES À LA MAISON ET AU JARDIN

Vous pouvez tout à fait ajouter ces cristaux à votre collection de douze pierres essentielles.

1. Agate blue lace

Pierre de Jupiter veinée de blanc ou ornée de zébrures, l'agate blue lace est souvent associée aux anges. Ce cristal d'ambiance naturel, idéal pour apaiser le stress, encourage également la communication claire. Emportez-le avec vous lorsque vous devez parler à une réunion, vous rendre à un entretien ou prendre la parole en public ou face aux médias afin d'être clair, concis, persuasif et d'éviter de bafouiller. Vous pouvez aussi le porter sur vous lors de négociations en vue d'atteindre un compromis, en particulier face à des gens qui manquent de tact, sont prompts à critiquer ou se montrent exagérément sûrs d'eux. C'est de plus une excellente pierre contre les voisins agressifs ou bruyants. Pour les collègues ou les visiteurs difficiles, faites tremper trois agates blue lace dans un pichet d'eau pendant une heure ou deux. Retirez-les du pichet et utilisez l'eau pour concocter les boissons qui leur seront servies : vous adoucirez ainsi les mots durs ou les reproches.

Si l'agate blue lace est votre cristal du jour, cela signifie que vous devriez exprimer vos sentiments de façon calme et ferme - vous recevrez une réponse favorable. Il se peut que vous vous trouviez en position d'enseigner aux autres ou de les conseiller, alors montrez-vous patient.

2. Calcite verte

Qu'elle soit polie et roulée, ou brute et ressemblant à des cristaux de glace verte, la calcite, pierre de Vénus, fait ralentir le rythme aux accros du travail et à ceux qui sont toujours pressés. Elle rend l'heure des repas et les

rassemblements sociaux harmonieux, attire l'argent et les opportunités que l'on obtient à force de travail et est particulièrement bienfaisante lorsqu'on monte son activité. Elle est aussi utile dans le cas de rééquilibrages alimentaires et aide quiconque connaît des problèmes ou des phobies avec la nourriture. Elle apaise les enfants surexcités ou maladroits et les animaux hyperactifs et bruyants. Elle encourage également la générosité et le partage. Sacrée pour la terre et ses esprits, la calcite verte stimule la croissance saine des plantes, ainsi que la conscience environnementale.

En tant que cristal du jour, la calcite verte fait savoir que l'on pourrait bien temporairement vous en demander plus que vous ne recevez en échange, mais que cet effort supplémentaire sera récompensé dans l'avenir. Si vous traversez une période de vaches maigres, voyez s'il ne vous est pas possible de jongler entre plusieurs ressources ou de gagner un petit supplément grâce à un hobby, car la situation va bientôt s'améliorer.

3. Quartz rutile

Avec ses incrustations de cristaux de rutile dorés, argentés ou rouges, ce quartz transparent est une pierre sacrée du soleil. Il restaure l'équilibre à la maison et minimise les accès de colère et les caprices des divas de tous sexes et de tous âges. Associé aux trésors enfouis et aux talents cachés, il fait partie des pierres qui mettent le mieux en valeur la beauté intérieure, développent et rendent lucratifs les projets créatifs, artistiques et musicaux, ainsi que ceux liés à l'écriture ou à la scène. Il va guider ceux qui sont insatisfaits de la fonction qu'ils occupent ou qui ont perdu leur emploi vers le bon poste. Il est en outre utile dans le cadre des formations et des reconversions, en particulier celles effectuées dans la seconde moitié de la vie. Enfin, il aide à surmonter la discrimination fondée sur l'âge et à se remettre d'un licenciement. Souvent surnommé « cheveu d'ange », chaque cristal de

quartz rutile renferme un gardien spirituel qui protège la personne qui le possède ou l'utilise.

Vous l'avez choisi comme cristal du jour ? Le quartz rutile vous dit que vous devriez vous lancer à la poursuite des rêves qui vous paraissent impossibles, car vous êtes bien plus talentueux que vous ne le pensez. Forcez-vous à aller de l'avant et brillez de mille feux !

4. Agate arbre ou dendritique

L'agate arbre est une autre pierre de Vénus. Lentement mais sûrement, ce cristal blanc aux légères inclusions vertes, qui ne sont pas sans rappeler les veinures des arbres, encourage la prospérité. Il est excellent pour travailler ses réseaux, que ce soit au travail, dans les médias sociaux ou à l'étranger. Il est aussi utile à ceux qui dirigent des activités de groupe, rassemblent les personnes autour d'une cause ou d'un centre d'intérêt commun, retrouvent ou reprennent contact avec des membres de leur famille dont ils avaient perdu la trace ou qui s'étaient éloignés, souhaitent faire de belles rencontres amoureuses sur Internet, veulent développer leur propre activité ou transformer un hobby en affaire lucrative.

Si vous l'avez sélectionnée comme cristal du jour, l'agate arbre vous conseille de coopérer avec les autres et de travailler sur des projets communs ; acceptez que les choses puissent progresser lentement mais s'accompagner d'un succès garanti.

5. Jade

Habituellement vert, bien qu'il puisse varier du blanc au lilas en passant par le jaune ou le noir, le jade se présente sous deux formes : le jade néphrite et la jadéite. Associé à Vénus, on l'appelle souvent « le cristal des jardiniers » et « la pierre du lent épanouissement de toute chose ». Il porte chance

dans la vie comme aux jeux, et favorise naturellement la prospérité si on le garde dans le tiroir de sa caisse enregistreuse ou non loin du terminal de caisse lorsque l'on est commerçant. Le jade est la pierre qui promet aux amours naissantes, jeunes et plus matures, qu'elles dureront. Dans la Chine ancienne, on fabriquait des plats en jade afin que force de vie et santé soient transmises par les aliments qu'on y servait.

Si le jade est votre cristal du jour, il est désormais temps de réfléchir à votre avenir à long terme et de considérer la possibilité de vous engager, de prendre une décision, ou de faire un investissement que vous avez remis à plus tard. Aujourd'hui, choisissez d'épargner plutôt que de dépenser.

3

LES CRISTAUX, L'AMOUR ET LES FAMILLES HEUREUSES

En raison de leur pouvoir de résonance, les cristaux peuvent être utilisés comme point de focalisation pour faire venir à nous ce qui va nous apporter le plus de bonheur, que ce soit l'amour, la fécondité, la sécurité et le bien-être de nos enfants et de nos animaux de compagnie, ou bien tout cela à la fois. Vous trouverez à la fin de ce chapitre d'autres cristaux à ajouter à votre collection, dont ceux qui sont liés aux thèmes que nous allons aborder ici.

CRISTAUX ET AMOUR

À travers les âges, les pierres précieuses et les cristaux ont traditionnellement été offerts symboliquement en gage d'amour. Encore aujourd'hui, chaque anniversaire de mariage est associé à sa propre pierre (voir la liste complète page 103). Ainsi, le deuxième anniversaire de mariage correspond par exemple au grenat, le douzième au jade, le trentième à la perle, le trente-cinquième à l'émeraude, le quarantième au rubis et le soixantième au diamant. Les cristaux et les pierres précieuses préservent l'amour à travers les ans, mais possèdent également le pouvoir d'attirer l'amour, qu'ils soient portés en pendentif, en bague ou en bracelet, ou que chacun des

amoureux ait sur lui une pierre identique glissée dans une petite aumônière. De plus en plus souvent, les personnes divorcées ou célibataires choisissent leur propre cristal d'amour et le portent en bague à l'annulaire gauche, une façon de montrer qu'elles se sentent complètes dans leur condition.

Les cristaux d'amour fonctionnent en ouvrant notre champ d'énergie personnel ou l'aura qui nous entoure tandis que nous les consacrons et les portons. Les gemmes que l'on a programmées pour l'amour vont non seulement spontanément augmenter notre rayonnement naturel, mais aussi appeler à nous la bonne personne en nous attirant par hasard, semble-t-il, à l'endroit où, habituellement de façon complètement inattendue, nous rencontrons notre véritable amour.

De plus, il est possible de programmer un cristal pour accroître le degré d'engagement, persévérer quand les choses deviennent difficiles, voire faire advenir une réconciliation. Vous pouvez aussi programmer une pierre précieuse ou un cristal pour l'offrir à un amant. Le rituel de consécration qui suit est basé sur l'invocation d'un amour connu ou inconnu, mais peut tout à fait être adapté à l'engagement, la protection de l'amour dans des situations difficiles, ou la réconciliation, en en modifiant légèrement les mots.

CONSACRER UN CRISTAL OU UNE PIERRE PRÉCIEUSE D'AMOUR

Allumez une bougie verte, couleur de l'amour. Plongez votre regard dans la flamme et dites : « J'allume cette bougie pour appeler et conserver l'amour de (nom de la personne s'il est connu) ou de la personne qui est faite pour moi. » Passez le bijou autour de la flamme à trois reprises dans le sens des aiguilles d'une montre et dites seulement une fois : « Je t'appelle, mon amour, à venir à moi et à rester à mes côtés, fidèlement et tendrement, aussi longtemps que le soleil brillera et que l'eau coulera sur la Terre, soit pour

toujours. » Portez le bijou chaque fois que vous aurez un rendez-vous galant, que vous vous rendrez dans un endroit où vous espérez rencontrer quelqu'un de nouveau, ou lorsque vous en ressentirez le besoin - par exemple, pour accroître le degré d'engagement dans votre couple. Accomplissez le rituel chaque semaine, en vous servant de la même bougie, jusqu'à ce que vous ne puissiez plus l'allumer, puis remplacez-la.

CRISTAUX ET PIERRES D'AMOUR

Voici quelques cristaux et pierres qui sont propices à l'amour :

Vous pouvez acheter des rubis, des émeraudes et des grenats non précieux mais de qualité. Ils fonctionnent tout aussi bien que les bijoux plus onéreux.

L'ambre orange protège contre les influences et interférences extérieures négatives. Elle appelle une âme sœur et/ou un vieil amour de jeunesse. L'améthyste violette met fin aux querelles amoureuses et combat les amours obsessionnelles et la codépendance. L'aigue-marine, d'un bleu pâle, fait revenir un amour dont on est séparé et aide deux personnes aux styles de vie différents à vivre ensemble en harmonie. La cornaline orange, quant à elle, ravive la passion qui s'est éteinte dans une relation en tous autres points aimante. Elle encourage l'engagement quand les choses avancent très lentement. Le diamant apporte fidélité et protection contre les rivaux amoureux ou ceux qui tentent de briser une relation qui dure depuis longtemps. Si vous êtes un senior, des émeraudes, dissimulées près de votre cœur, attireront l'amour. Portées à la vue de tous, elles peuvent réparer une relation après une infidélité ou une séparation. Le grenat vert permet aux autres d'accepter des amours secrètes ou interdites ; rouge, il fait souffler un vent de romantisme et de fête sur un amour plombé par les soucis. Le jade vert doit être utilisé pour les amours naissantes et tendres, ainsi

que la fidélité. Le jaspe rouge est dédié à ceux qui veulent la passion ou triompher d'un ex-jaloux. Les pierres de lune d'un blanc crémeux se donnent par deux (une pour chacun des partenaires), pour que l'amour ne se fane pas, particulièrement s'il s'agit d'une relation longue distance. L'agate mousse bleu et vert peut intervenir quand l'amour naît d'une amitié ou d'une relation de travail. Le quartz rose est idéal pour trouver l'amour après une relation destructrice et se réconcilier après des disputes. On offre des perles à une jeune mariée afin qu'elle ne pleure jamais durant son mariage. Le rubis est la pierre de l'amour mature et durable - il pâlira si celui-ci n'est plus sincère - et prévient également la colère entre les partenaires. Le saphir bleu s'utilise pour les amours naissantes, l'engagement et la fidélité, notamment si l'un des partenaires est souvent en déplacement pour son travail. La topaze dorée se porte traditionnellement pour attirer un riche amant. L'unakite rose et vert, la pierre de Mars et Vénus réunis, est le cristal de l'âme sœur.

LES CRISTAUX ET LA FÉCONDITÉ

Si vous souhaitez concevoir un enfant, de manière naturelle ou par le biais d'une intervention médicale telle qu'une FIV, placez l'un des cristaux qui favorisent la fécondité (listés page de droite) sur le rebord intérieur d'une fenêtre, entre le premier croissant et la pleine lune. Privilégiez les pierres ovales ou les petits cristaux en forme d'œuf, qui sont idéaux.

La nuit de la pleine lune, piquez le cristal à l'aide d'une fine aiguille d'argent avant les ébats amoureux. Laissez le cristal et l'aiguille sur votre rebord de fenêtre jusqu'au lendemain midi, puis enveloppez-les dans de la soie blanche. Conservez-les dans un tiroir jusqu'au prochain croissant de lune, quand le rituel pourra être répété si nécessaire.

Autre possibilité : vous pouvez déposer une pierre d'ambre arrondie et une baguette de jais dans une aumônière en tissu rouge fermée par un lien rouge auquel vous aurez fait trois nœuds. Glissez le sachet sous le lit pendant les ébats.

Une troisième méthode qui favorise la conception consiste à placer une unakite rose et vert sous votre oreiller avant de faire l'amour.

Les cristaux qui favorisent la fécondité

L'ambre orange peut être utilisé pour la virilité et la fécondité, tout particulièrement si vous êtes impatient de concevoir après une longue période de contraception artificielle. La cornaline orange est la meilleure pierre pour les futures mamans plus âgées. La pierre de lune, d'un blanc crémeux, est le cristal de fécondité le plus puissant. Quant à la sélénite blanche et brillante, vous pouvez la porter en bijou quelques semaines avant d'essayer de mettre en route un bébé, afin d'harmoniser votre corps.

Les cristaux utiles pendant la grossesse et lors de l'accouchement

Si votre partenaire ou vous-même êtes enceinte, choisissez n'importe quelle pierre qui vous attire de manière instinctive, ou encore l'un des cristaux qui favorisent la fécondité, lorsque vous sentirez le bébé bouger pour la première fois. Tenez-le contre le ventre de la mère chaque fois que vous parlerez ou chanterez pour le bébé à naître, et emportez-le dans la salle d'accouchement pour encourager l'enfant à venir au monde facilement et en sécurité (cela est valable pour les césariennes programmées comme pour les accouchements naturels).

Après la naissance de l'enfant, gardez le cristal près de son berceau. À l'aide de ce cristal spécial de naissance, tracez des cercles au-dessus du

bébé agité afin de l'apaiser. La sélénite est propice au calme pendant la grossesse, l'accouchement et toutes les étapes de la maternité ; c'est également un merveilleux cadeau pour une nouvelle grand-mère.

LES CRISTAUX ET LES ENFANTS

Les enfants sont naturellement en harmonie avec les énergies des cristaux. Dès qu'il est en âge d'utiliser les pierres sans risquer de les avaler, donnez à votre enfant un sachet contenant de petits cristaux ronds de différentes couleurs. Avec ce pochon rien qu'à lui, il pourra jouer, imaginer des histoires et soigner ses poupées et ses ours en peluche. Traditionnellement, les mères confectionnaient une amulette protectrice en corail ou en jade qu'elles suspendaient au-dessus du lit de leur bébé. De nos jours, les anneaux de dentition avec de l'ambre font leur grand retour.

Offrez un cristal à un nouveau-né, que vous le donniez lors d'un baptême (traditionnel ou laïc) ou en rendant visite aux nouveaux parents et au bébé pour la première fois. Juste avant, conférez-lui un talent spécial pour l'enfant, ou chargez-le d'une bénédiction particulière, à la manière d'une fée marraine. Enrichissez la collection de nouveaux cristaux à chaque anniversaire ou étape importante, comme la première rentrée des classes. Lorsque l'enfant part de la maison, il peut emporter les pierres pour garder un lien avec son foyer.

Les bienfaits protecteurs des cristaux sur les enfants

De nombreux enfants, en particulier les plus sensibles, souffrent de peurs, de cauchemars et de terreurs nocturnes. Un cristal protecteur, placé près du lit et activé par l'enfant chaque soir, peut aider à surmonter la peur du noir, des fantômes ou des intrus.

Parfois, à la place de la traditionnelle histoire du soir, laissez votre enfant choisir une pierre parmi celles de son petit sac et ensemble, imaginez

un conte parlant de l'ange ou de la fée du cristal. Placez la pierre près de l'enfant pour qu'il ait un sommeil calme et fasse des rêves sereins. Disposez dans sa chambre de gros morceaux bruts de quartz rose ou d'améthyste violette qui le protégeront pendant la nuit. Sinon, vous pouvez acheter une fée ou un ange en cristal.

Pour les enfants plus grands

Si un enfant ou un adolescent se fait harceler, consacrez un petit cristal rouge ou orange qu'il aura choisi et qu'il pourra emporter à l'école ou à l'université dans un petit sac ou une petite aumônière. La pierre pourra également faire office de porte-bonheur s'il est inquiet avant un contrôle ou des examens. Pour consacrer le cristal, allumez une bougie blanche et, à neuf reprises, tracez des cercles tout autour avec la pierre, dans le sens des aiguilles d'une montre, en demandant aux anges la protection ou le soutien spécifiques dont votre enfant a besoin, puis soufflez la bougie. Rechargez le cristal chaque semaine.

Vous pouvez aussi coudre un petit cristal protecteur que vous aurez choisi dans la liste ci-après dans la doublure du manteau de l'enfant.

Enfin, un bocal rempli de perles et disposé dans sa chambre lui apportera la protection de l'archange Gabriel, associé à la lune, pendant qu'il dort. Ajoutez-y quelques cristaux de roche (la pierre de l'archange Michaël, associée au soleil) pour qu'il bénéficie de leur protection pendant la journée.

Cristaux particulièrement bénéfiques pour les enfants

L'angélite bleue, avec ses marbrures qui rappellent la forme des ailes, connecte les enfants à leurs anges gardiens. Elle est aussi excellente pour instaurer un rythme de sommeil chez les bébés et les jeunes enfants. Le lapis-lazuli, avec ses tons profonds de bleu et d'or, aide les enfants à haut

potentiel qui se sentent frustrés à l'école et est utile à ceux qui rencontrent des difficultés pour communiquer. Les agates rubanées empêchent les accidents et apaisent les crises de colère ainsi que l'anxiété propre aux adolescents. La malachite vert et noir protège d'ailleurs ces derniers des prises de contact malavisées sur le Net ou du harcèlement par le biais de SMS ou d'e-mails. L'œil-de-tigre rouge peut être bénéfique en cas de harcèlement dans la cour de l'école ou en dehors de l'établissement. Il empêchera aussi un enfant plus âgé d'être tenté d'agir sous la pression de ses pairs et de se comporter de manière irréfléchie. La calcédoine rose et blanc apaise la jalousie et la rivalité qui peuvent exister entre frères et sœurs. Elle aide également les bébés à s'acclimater au monde extérieur après leur vie intra-utérine. Le quartz rose soigne les peurs, les phobies, les traumatismes et les souffrances liées à un abus de violence. Il est de plus propice à un sommeil serein. La manganocalcite rose apaise les bébés et les petits enfants agités, notamment quand ils sont malades. Elle permet en outre à une mère de tisser des liens avec son enfant après une naissance difficile et aide les petits à surmonter leur peur des animaux ou des endroits inconnus. L'améthyste violette peut être utilisée chez les enfants de tous âges qui rencontrent des troubles du sommeil, font des cauchemars ou souffrent d'anxiété. Elle protège les enfants et les adolescents psychiquement sensibles des fantômes malveillants et des événements paranormaux. La citrine, quant à elle, est efficace pour étudier et acquérir de nouvelles connaissances. Elle permet aux familles recomposées de rester unies lorsqu'un des parents se remarie. Le jade protège un enfant des maladies ou des personnes malveillantes. La nacre, placée quelques secondes sur le ventre d'un nouveau-né, donne au bébé l'amour et la protection de sa mère, même lorsqu'elle est absente.

LES CRISTAUX ET LES ANIMAUX

Les cristaux sont une part extrêmement puissante de la nature, ils ont le pouvoir de reconnecter les animaux de compagnie, même les plus citadins, à la terre, de restaurer leur santé et leur vitalité tout en tempérant leur irritabilité ou hyperactivité.

Quelle que soit la créature qui partage votre maison, laissez un petit bol rempli d'un mélange de cristaux verts, bruns, dorés et orange près de l'endroit où votre animal de compagnie a l'habitude de s'asseoir ou de dormir. Les minéraux bruts ou les druses sont les plus connectés aux énergies de la terre.

Lorsqu'il est placé dans la gamelle d'eau pendant quelques heures avant qu'elle ne soit servie (pensez à retirer le cristal avant de donner à boire), le jade, d'un vert doux, contribue au maintien de la bonne santé et apaise un animal agressif, turbulent, ou qui urine pour marquer son territoire.

Attachée au collier de votre ami à quatre pattes, aux rênes de vos chevaux ou aux miroirs de la cage de vos oiseaux, la turquoise empêche qu'ils soient volés, perdus ou errants. La turquoise est également un porte-bonheur contre les accidents, la méchanceté des personnes qui haïssent les animaux et les effets toxiques des polluants dangereux. Si vous adoptez un animal dans un refuge, des morceaux bruts de quartz rose et de calcite verte disposés près de l'entrée de votre maison le persuaderont de rester.

Les cristaux particulièrement bénéfiques pour les animaux de compagnie

Les agates rubanées marron, rose et fauve peuvent être installées sous les quatre coins du panier des animaux vieillissants ou souffrant d'une maladie chronique. L'aigue-marine bleue apaise les chocs et les traumatismes vécus par ceux qui ont été maltraités et contribue à la bonne santé des poissons si elle est glissée dans leur aquarium ou la mare dans laquelle ils vivent.

La pierre de sang, d'un vert sombre tacheté de rouge, est bienfaisante pour la reproduction animale. Elle empêche les mères de rejeter leurs petits et aide les créatures craintives à résister aux intimidations des animaux plus vieux. Le chrysobéryl œil-de-chat, d'un vert tirant sur le jaune, le quartz œil-de-chat, gris-vert ou jaune, ou l'œil-de-tigre vert protègent les chats, en particulier s'ils sortent la nuit ou vivent dans des zones très denses. Le jaspe dalmatien, avec ses taches noires sur un fond de couleur fauve ou crème, garde les chiens en pleine forme et renforce le travail effectué en dressage. D'un brun pâle, rugueuse au toucher, la rose des sables protège les lézards, les serpents, les hamsters, les cochons d'Inde, mais aussi toutes les bêtes qui sont très vieilles et malades. La fluorite verte, semi-transparente, attire les oiseaux, les libellules et les papillons dans votre jardin. L'œil-de-faucon, avec ses irisations bleutées, protège quant à lui toutes les créatures pendant un voyage et un séjour loin de chez elles. Il préserve aussi la vitalité des oiseaux en cage ou en volière. Enfin, l'obsidienne flocon de neige est extrêmement bienfaisante pour les chevaux que l'on fait travailler dans des lieux à forte circulation.

CINQ CRISTAUX À AJOUTER À VOTRE COLLECTION

Voici cinq pierres supplémentaires qui sont spécialement associées à l'amour, la fécondité, aux enfants et aux animaux que vous pouvez, si vous le souhaitez, ajouter à votre collection.

1. L'ambre

L'ambre, pierre du soleil, renferme un pouvoir né de multiples soleils et de nombreuses âmes de tigres. Il apporte donc la confiance et renforce le charisme et l'éclat d'une personne. Il lui donne un courage serein grâce

auquel elle pourra marquer la vie de son empreinte unique et s'aimer telle qu'elle est. Translucide, cette résine d'arbre fossilisée orange doré, jaune ou marron fait disparaître les obstacles que l'on place sur sa propre route, améliore la mémoire à court terme, apaise les comportements rigides ou conflictuels au travail, encourage les souvenirs spontanés liés aux vies antérieures et aide à tracer son arbre généalogique.

Si vous avez choisi l'ambre comme cristal du jour, il vous promet que l'on vous admirera de façon inattendue, voire que l'on cherchera à vous séduire. Attention cependant à ne pas abandonner l'amour fidèle au profit d'une passion éphémère.

2. L'unakite

Gouvernée par Pluton, la planète associée à la fin de ce dont on ne veut plus et aux nouveaux départs, l'unakite est une pierre vert olive et rose saumon. Elle vous aide à prioriser et à travailler de façon méthodique si vous vous retrouvez submergé par l'ampleur des tâches ou un emploi du temps surchargé. Elle encourage les unions harmonieuses, en amour et au sein de coalitions, ainsi que les partenariats en affaires. Elle vous sera particulièrement utile si vous travaillez avec une relation ou un ami, ou si vous avez perdu un objet, puisqu'elle vous indiquera son emplacement. Portez l'unakite sur vous quand vous prenez des risques calculés et souhaitez réaliser des investissements judicieux. Véritable cristal des relations heureuses qui durent, l'unakite est traditionnellement placée dans un pochon en tissu scellé comme symbole de mariage ou d'engagement. Remplacez la pierre tous les sept ans et jetez l'ancienne dans des eaux vives.

Comme cristal du jour, l'unakite vous conseille de vous concentrer sur les opportunités qu'offre l'avenir et non sur les erreurs ou les pertes du passé. Elle vous aide aussi à éviter de refaire les mêmes erreurs.

3. La turquoise

Avec ses tons bleu-vert, la turquoise roulée est la pierre de Jupiter, la pierre suprême du leadership, de l'autorité, de la promotion, de la justice et de l'égalité. Elle soulage les effets du jet-lag et la peur de l'avion. Elle vous protège, ainsi que votre famille, si vous êtes victime d'un préjudice ou de harcèlement. Elle aide à dépasser l'angoisse de la page blanche chez l'écrivain, ou tout blocage chez un artiste. La turquoise permet une communication claire quand vous donnez un renseignement ou soupçonnez que l'on vous a délibérément relayé de fausses informations.

Sélectionnée comme cristal du jour, la turquoise vous dit que vous devriez dissiper tout malentendu et éviter les personnes qui font le forcing ou émotionnellement pression sur vous.

4. La malachite

Vert émeraude, ornée de rayures noires, la malachite est une autre pierre de Pluton et le cristal antipollution par excellence. Elle décourage la dépendance excessive des uns envers les autres. Conservez-la près des congélateur, réfrigérateur, micro-ondes, télévision, ordinateur et console de jeux et, pour la nuit, avec votre téléphone portable. La malachite neutralise les lumières fluorescentes aveuglantes et les appels téléphoniques ou les e-mails malveillants et négatifs. Elle permet aussi de surmonter sa peur de l'avion.

Vous l'avez sélectionnée comme cristal du jour ? La malachite vous suggère de résister aux personnes possessives ou qui sapent votre énergie et de suivre votre propre voie.

5. L'agate rubanée

Associé à la terre, ce cristal est surnommé « l'arc-en-ciel de la terre ». Avec ses anneaux concentriques colorés, principalement gris, noirs ou bruns, c'est la pierre de Saturne. Elle permet de surmonter un amour non réciproque ou illusoire et augmente les chances de remporter des compétitions de force physique et d'endurance. Glissée dans un sac à main ou un portefeuille, elle tempère la fièvre acheteuse des accros du shopping. Elle équilibre également les familles recomposées, harmonise les relations entre différentes générations, ainsi que celles des clans ou des groupes qui doivent travailler ensemble. Elle est parfaite pour ceux qui doivent jongler avec deux métiers ou transformer des projets créatifs en aventure commerciale.

Comme cristal du jour, l'agate rubanée vous informe qu'il faut considérer tous les aspects d'un problème et tenter de découvrir les éléments inconnus que vous n'avez pas forcément pris en compte. Aujourd'hui, travaillez et agissez en suivant votre propre rythme.

4

LES CRISTAUX POUR LE TRAVAIL

À travers les âges, les cristaux ont été réputés, tout particulièrement s'ils étaient transparents et brillants comme la citrine et le cristal de roche, ou de couleurs profondes telles que le bleu et or du lapis-lazuli, pour attirer naturellement les opportunités lucratives. Vous pouvez en fait les utiliser aujourd'hui pour qu'ils vous guident de façon spontanée, semblera-t-il, vers le bon endroit ou les bonnes personnes qui pourront vous aider à faire évoluer votre carrière. En ayant sur vous des cristaux propices aux opportunités professionnelles, vous ne ferez qu'accroître leurs pouvoirs, tandis qu'ils s'harmoniseront avec votre champ énergétique personnel au fil des semaines et des mois.

La pierre la plus efficace dans le domaine professionnel est le cristal de roche, sous forme de sphère. Laissée au centre d'un bureau aménagé en open space ou des ateliers de production d'une usine, elle permet en effet de minimiser les situations de conflit et encourage un travail d'équipe productif et harmonieux. Dans un bureau individuel, placez-la près du téléphone, sur un ordinateur ou un fax, afin d'attirer les appels, les ventes et le réseautage par médias sociaux interposés qui seront intéressants pour les affaires. Enfin, elle transformera les énergies négatives qui pénétreront votre aura.

ATTIRER CE DONT VOUS AVEZ LE PLUS BESOIN AU TRAVAIL

Si vous envoyez votre candidature dans un climat économique difficile, démarrez une nouvelle activité à votre compte ou souhaitez une promotion alors que la compétition est rude, vous pouvez intensifier les pouvoirs de votre cristal. Pour cela, il va falloir travailler sur une période de sept jours. À l'aide d'un coupe-papier, gravez dans la cire d'une bougie bleue éteinte : « Nouveau poste, sois mien » ou « Apporte-moi la promotion que je mérite ». Ajustez les mots que vous emploierez au plus près de vos besoins professionnels. Placez votre cristal devant la bougie. Un lapis-lazuli bleu et or, une turquoise ou une howlite teinte en bleu seront parfaits pour un projet majeur, tandis qu'une citrine jaune sera adaptée à un besoin d'action rapide.

Allumez la bougie et prononcez sept fois, à voix haute, les mots que vous avez gravés sur la bougie. À l'aide du cristal, tracez sept cercles autour de la flamme en répétant les paroles sept fois.

Soufflez la bougie et portez le cristal sur vous. Répétez le rituel les six jours suivants en rallumant la même bougie et en plaçant toujours la même pierre devant. Faites cela du deuxième au sixième jour. Chaque jour, soufflez la bougie et, le septième jour, laissez-la se consumer entièrement.

LA PROTECTION SUR SON LIEU DE TRAVAIL

La façon la plus efficace d'obtenir la protection continue d'un cristal au travail est de consacrer une pierre de couleur sombre que vous placerez sur votre bureau ou dans votre espace de travail. Si votre métier vous oblige à passer beaucoup de temps sur la route, conservez la pierre dans la boîte à gants de votre véhicule.

La pierre qui offre la meilleure protection sur un lieu de travail est l'obsidienne noire, une roche volcanique. Si l'atmosphère au travail est

délétère, utilisez des pointes en obsidienne que vous dirigerez vers l'extérieur. La goldstone bleue, en verre bleu foncé pailleté d'or tel un ciel étoilé, est un autre gardien très puissant du lieu de travail et, comme l'obsidienne, attirera le succès et la reconnaissance.

Chaque matin, avant de partir au travail ou de prendre le volant, tenez le cristal entre vos mains ouvertes et jointes en offrande. Soufflez trois fois doucement sur la pierre et, après chaque respiration, dites : « Agis tel un bouclier pour moi en bloquant toute négativité, malice et hostilité. Laisse seulement passer la lumière et l'harmonie. » Chaque jour, nommez ce qui vous stresse en particulier, les situations ou les personnes dont vous avez besoin d'être protégé, ainsi que tout souhait particulier ou tâche spécifique que vous voulez voir réalisés à la fin de la journée. Placez ensuite le cristal dans votre espace de travail. Pensez à le laver chaque semaine sous l'eau du robinet, puis laissez-le sécher à l'air libre.

LES PROBLÈMES SUR LE LIEU DE TRAVAIL

Si vous êtes victime de harcèlement psychologique au travail, un problème croissant dans notre société, placez une pierre de sang sombre, de couleurs vert et rouge, entre vous et les personnes qui vous tourmentent. Glissez-en une près du téléphone ou de l'ordinateur si vous travaillez dans un centre d'appels ou devez régulièrement gérer des conversations téléphoniques difficiles ou des e-mails de plaintes. Cristal à la main, tracez un cercle autour du téléphone ou de l'ordinateur dans le sens inverse des aiguilles d'une montre si la conversation ou le message sont conflictuels.

Choisissez une pierre de jaspe jaune pour faire barrage à la rancœur, à la jalousie, aux mensonges et à ceux qui voudraient nuire à votre réputation. Déposez-en cinq dans un petit récipient que vous laisserez dans votre espace de travail, ou dans une petite bourse conservée dans votre tiroir,

afin d'empêcher les collègues de faire circuler des rumeurs à votre sujet. Gardez-les dans votre bureau ou votre casier quand vous êtes en congé pour prolonger leurs effets protecteurs en votre absence.

Achetez deux ou trois petites baguettes de cristal de roche que vous pourrez installer tout autour de votre poste de travail. Tournez les pointes des cristaux vers l'extérieur lorsque les problèmes ou les intrusions s'annoncent. Si elles sont pointées vers l'intérieur le reste du temps, les pierres vous transmettront des énergies positives pendant votre journée.

La calcite bleue fait barrage aux clans, aux réunions en bandes et aux rivalités sur le lieu de travail. Elle préserve l'équipement, les affaires et le site des vols et protège de la malhonnêteté.

La malachite vert et noir vous défendra des effets négatifs des équipements modernes. Pensez à en avoir à chacun des quatre coins de votre ordinateur ou de tout appareil technique que vous utilisez régulièrement.

Si vous n'avez pas la possibilité d'exposer vos cristaux en raison de la nature de votre travail, conservez vos pierres dans leur version roulée dans une bourse fermée par un lien.

Faites appel aux vertus de la cornaline orange pour vous protéger des accidents si vous travaillez sur des machines ou dans les secteurs de l'électricité, du bâtiment ou de la construction.

ÉQUILIBRER SON LIEU DE TRAVAIL GRÂCE AUX CRISTAUX

La méthode pour équilibrer les éléments est, dans sa forme occidentalisée, plus facile et tout aussi efficace que le Feng Shui, sauf si le Feng Shui fait naturellement partie de vos traditions.

Idéalement, quatre des anciens éléments magiques - la terre, l'air, le feu et l'eau - devraient être représentés dans un espace de travail, même

si les proportions doivent être ajustées en fonction de la nature de votre profession. Vous trouverez ci-après les associations des éléments pour différentes carrières et divers lieux de travail. Avoir dans votre espace de travail un petit bol rempli de trois ou quatre des cristaux associés à votre métier est la meilleure façon de vous assurer que le mélange des éléments reste équilibré.

La terre

Toutes ces carrières et ces lieux de travail tireront bénéfice des cristaux associés à la terre ou, quand la terre est trop présente, de la compensation des cristaux d'air.

PROFESSIONS ET LIEUX DE TRAVAIL ASSOCIÉS À LA TERRE

Le personnel des crèches et garderies, celui qui s'occupe des personnes âgées et handicapées, les gens qui œuvrent pour le bien-être animalier, les vétérinaires, les dresseurs, les sculpteurs et les potiers, les sages-femmes, les banquiers, les comptables, les inspecteurs des impôts, les agents immobiliers, les représentants du gouvernement, les arpenteurs-géomètres, les promoteurs immobiliers, les artisans, tous ceux qui s'occupent de leur famille à plein temps ou à mi-temps, les rénovateurs d'intérieur, les peintres et les décorateurs, les ouvriers d'usine, les personnels de pompes funèbres, les entreprises familiales, les agriculteurs, les boulangers, les ébénistes, les menuisiers et les fabricants de meubles, ainsi que les personnes travaillant dans les domaines de l'environnement et la forêt, de la communication, du jardinage, de l'industrie agroalimentaire, de la mine et du minerai.

SES BIENFAITS SUR UN LIEU DE TRAVAIL : stabilité, bon sens, compétences pratiques, approche méthodique, accroissement graduel de la prospérité, réalisme, conscience des limites imposées par le manque de temps et

de ressources, loyauté, afflux régulier de travail et de commandes, patience et persévérance, attention au détail, tolérance.

SES CRISTAUX : la plupart des agates, l'amazonite, l'aventurine, l'émeraude, les fossiles, le jais, la malachite, l'agate mousse, l'obsidienne, le quartz rose, le quartz rutile, le quartz fumé, l'œil-de-tigre, l'agate arbre, le bois pétrifié et toutes les pierres percées de trous en leur centre.

EN EXCÈS : inertie, apathie, avarice d'une personne habituellement généreuse avec son argent, obsession des détails, incapacité à prendre du recul, réticence à considérer des approches différentes, souci obsessionnel de la propreté, activités ménagères ou nidification effrénées, pessimisme, tendance à se montrer territorial.

SOLUTION DE COMPENSATION : plus d'air.

L'air

Tous ces métiers et ces lieux de travail pourront tirer avantage des cristaux d'air, ou, lorsque l'air est en excès, de la compensation qu'offrent les pierres associées à la terre.

PROFESSIONS ET LIEUX DE TRAVAIL ASSOCIÉS À L'AIR

Les architectes, les urbanistes, les médecins, les pharmaciens, les dentistes, les psychologues et les psychiatres, les conseillers en patrimoine et les conseillers financiers, les étudiants, les orthophonistes, les chauffeurs, les voyagistes, les concepteurs de logiciels, les ingénieurs de la télévision, de la radio et des télécoms, les avocats, les juges, les professeurs de fitness, les éditeurs, les auteurs de livres non fictionnels, les enseignants, les chercheurs, les danseurs et les chorégraphes, les musiciens, les explorateurs, les scientifiques, les développeurs informatique, les réparateurs, toutes les personnes qui s'expriment en public, celles qui travaillent avec Internet ou dans

l'hôtellerie de tourisme, la vente et le commerce, la communication (qu'il s'agisse de la vente de téléphones portables ou des métiers liés aux journaux et aux magazines), le transport, l'investigation ou la profession de détective.

SES BIENFAITS SUR UN LIEU DE TRAVAIL : logique, concentration, esprit curieux et d'analyse, faculté à communiquer de façon claire, attention, polyvalence, adaptabilité, capacité à mener à bien plusieurs tâches en même temps, curiosité, talents commerciaux et connaissances en technologie, don pour gagner de l'argent, ingéniosité, compétences en vente et marketing, capacité à travailler sous la pression.

SES CRISTAUX : l'améthyste, l'agate blue lace, la citrine, le cristal de roche, la danburite, le diamant, le lapis-lazuli, le saphir, la sodalite, la sugilite et la turquoise.

EN EXCÈS : attitude très critique, sarcastique, ou drôle au détriment des autres, travail inhabituellement bâclé ou incorrect, incohérence, réticence à expliquer un raisonnement ou des idées, mauvaise humeur, tendance aux bavardages de couloir et aux déformations de la vérité, mauvaise comptabilisation du temps, perte de données ou oubli de rendez-vous, changement injustifié d'objectif à mi-parcours.

SOLUTION DE COMPENSATION : davantage de terre.

Le feu

Tous ces métiers et lieux de travail profiteront des vertus des cristaux associés au feu ou, lorsque le feu est trop présent, de la compensation qu'offrent les pierres d'eau.

PROFESSIONS ET LIEUX DE TRAVAIL ASSOCIÉS AU FEU

Les artistes du spectacle et les artistes créatifs, les chefs et le personnel en cuisine, les pompiers, les forces armées, les bijoutiers et les photographes,

les mécaniciens, les constructeurs automobiles, les inventeurs, les génies, les poètes, les architectes d'intérieur, les ambulanciers, tout le personnel de secours, les chefs d'entreprise et les directeurs, les ingénieurs en génie climatique, les dépanneurs, les forgerons et les métallurgistes, les bouchers, les radiothérapeutes et quiconque travaille dans la sécurité (comme les forces de police), dans les abattoirs, au théâtre et dans le monde du spectacle, dans l'industrie énergétique ou de production énergétique comme le gaz, le pétrole, l'essence ou l'électricité et dans le nucléaire.

SES BIENFAITS SUR UN LIEU DE TRAVAIL : créativité, originalité, foisonnement d'idées, enthousiasme, inspiration, leadership, vision à 360°, courage, capacité à motiver les équipes, transformation d'ébauches d'idées en créations commercialisables, faculté à voir des possibilités même pour des situations ou des projets peu prometteurs, capacité à accepter le fait qu'un projet ne mène nulle part et à l'abandonner s'il est improductif.

SES CRISTAUX : l'ambre, l'agate rouge et l'agate de feu, la pierre de sang, les pierres de boji, la cornaline, la rose des sables, le grenat, l'hématite, la pyrite de fer, le jaspe, la pierre de lave, l'obsidienne, le rubis et la topaze.

EN EXCÈS : irritabilité et impatience, accès de colère, comportement d'autocrate, imposition, à soi et aux autres, d'un rythme de travail irréaliste, désintérêt soudain pour un projet, incapacité à se détacher d'un sujet ou du travail, propension à devenir de plus en plus sujet aux accidents, construction d'un empire, attitude de tête en l'air qui conduit à perdre ses affaires, prise de risque inutile, remarques ou blagues inappropriées à caractère sexuel, tendance à attiser les braises des conflits latents au bureau.

SOLUTION DE COMPENSATION : plus d'eau.

L'eau

Tous ces métiers et ces lieux de travail tireront parti des cristaux d'eau ou, lorsque l'eau est en excès, de la compensation des pierres associées au feu.

PROFESSIONS ET LIEUX DE TRAVAIL ASSOCIÉS À L'EAU

Les métiers du social, de l'export, de la médecine et des thérapies alternatives, de la santé mentale, de l'industrie de l'eau et de l'hydroélectricité, de l'hôtellerie (aussi associés à la terre), de production ou de vente d'alcool, de blanchisserie, de l'entretien des piscines, ainsi que les infirmières et les thérapeutes, les psychothérapeutes, les ludothérapeutes, les consultants en beauté et mode, les fleuristes, les pêcheurs et les marins, les coachs-conseillers, les auteurs de fiction et de livres pour enfants, les conseillers clientèle, les voyants et les médiums, les femmes et hommes de ménage, les éboueurs, les plombiers, les maîtres-nageurs, les verriers et les vitriers, les représentants religieux.

SES BIENFAITS SUR UN LIEU DE TRAVAIL : compréhension intuitive, empathie et sympathie pour les autres, talents de négociateur et de conciliateur, imagination, capacité à travailler en équipe, sens de l'humour agréable, don étonnant pour anticiper les besoins dans une situation ou deviner les pensées des autres, ouverture aux nouvelles idées et opinions, volontariat pour remplacer les autres, acceptation des personnes pour ce qu'elles sont et non pour leur statut, faculté à développer un réseau.

SES CRISTAUX : l'aigue-marine, la calcite, le corail, la fluorite, le jade, la kunzite, le quartz laiteux, la pierre de lune, l'opale, la perle, la sélénite et la tourmaline.

EN EXCÈS : risque de devenir trop émotif face à une situation professionnelle, de se montrer manipulateur, d'avoir des chouchous, de jouer un rôle (par exemple celui de la petite fille sans défense/de la grande sœur/du

patron paternaliste), de chercher à attirer l'attention, de draguer, d'avoir un besoin constant d'être rassuré/félicité, d'avoir un besoin excessif de socialisation/ souffrir du syndrome du « meilleur pote », d'attiser les rivalités, d'être jaloux, de se montrer trop sensible face aux conseils constructifs.

SOLUTION DE COMPENSATION : davantage de feu.

Modifier la proportion des éléments

Dans certaines situations, les proportions devront être modifiées. Un excès d'élément peut se produire de façon plutôt spontanée sur un lieu de travail et, avec le temps, donner lieu à un nombre anormalement élevé d'absences liées au stress, mais aussi au développement de clans, voire à des vagues de démissions ou à un malaise généralisé.

RESTAURER L'ÉQUILIBRE

Si l'atmosphère au bureau vous paraît déséquilibrée (par exemple, vous trouvez tout le monde excessivement irritable), faites appel aux cristaux équilibrants listés plus haut afin de corriger la situation de manière subtile. Une ou deux pierres associées à l'élément équilibrant seront suffisantes si vous les ajoutez à votre petit bol de cristaux. Gardez un ou deux cristaux associés à chaque élément dans un tiroir ou un casier pour pouvoir remplacer n'importe quelle pierre du bol quand cela est nécessaire. Vous saurez instinctivement combien en ajouter pour restaurer l'équilibre.

Vous pouvez également faire tremper un cristal d'élément dans l'eau pendant plusieurs heures et vous servir de cette eau, ainsi infusée, pour la préparation des jus, thés ou cafés des collègues qui vous entourent. Conservez une petite bouteille d'eau équilibrante (préparée en fonction de la situation) pour en boire ou en déposer quelques gouttes sur la face interne de vos poignets et dans le cou. Idéalement, utilisez de vieilles bouteilles d'eau minérale.

LES CRISTAUX QUI AIDENT LES ENTREPRENEURS INDÉPENDANTS

Si vous possédez une boutique, un entrepôt, ou travaillez dans le secteur du tourisme hôtelier, attirez les affaires à vous en cachant deux baguettes en cristal de roche près de la porte (peu importe de quel côté), en tournant les pointes légèrement vers l'intérieur, puis disposez des paires supplémentaires à intervalles réguliers, toujours cachées et dirigées vers l'intérieur, afin de marquer un chemin d'énergie invisible qui guidera les clients vers, puis dans votre établissement. Dans un magasin, placez une baguette de cristal, toujours pointée vers l'intérieur, à chacun des deux coins de la vitrine. Visualisez le parcours d'un client à travers les rayons, ou vers une table pour se restaurer, jusqu'à la caisse, et utilisez des cristaux que vous aurez cachés afin de diriger ses pas et son regard.

Disposez des pierres supplémentaires de part et d'autre de ce chemin invisible en les orientant dans la direction des rayons où vous aimeriez que les acheteurs s'arrêtent, et continuez ainsi jusqu'à la caisse.

Conservez un bol contenant des cristaux de quartz fumé près du matériel de sécurité, comme un extincteur, afin de protéger les lieux des incendies, des inondations, des tempêtes, des tremblements de terre, des actes de malveillance, des concurrents sans scrupules, et pour défendre votre ordinateur contre les virus informatiques.

Glissez un cristal de quartz fumé dans la boîte à gants de votre véhicule professionnel afin de le préserver des vols et des pannes mécaniques et de protéger le conducteur de l'agressivité au volant.

Gardez une citrine jaune brillante, appelée « pierre des marchands », dans votre caisse enregistreuse et, si vous démarrez une activité, affichez le premier billet que vous aurez gagné.

LES CRISTAUX QUI ATTIRENT LES OPPORTUNITÉS SUR UN LIEU DE TRAVAIL

L'agate rubanée est idéale pour restaurer l'équilibre financier après des pertes, mais aussi pour obtenir des prêts bancaires et maintenir la stabilité quand les emplois sont menacés. L'amazonite verte est utile aux femmes qui lancent leur activité ou souhaitent réussir dans une profession dominée par les hommes. La chalcopyrite dorée peut être d'un grand secours lorsque l'on démarre une seconde activité, ou en cas d'expansion. Elle est également utilisée pour obtenir une promotion dans le cadre de plans de carrière à long terme. La chrysoprase verte, quant à elle, aidera à trouver un premier emploi et à décrocher du travail dans un climat économique tendu. La citrine jaune apporte le succès commercial rapide, en particulier par le biais de la spéculation financière, ou en vous encourageant à convaincre vos interlocuteurs pour décrocher le bon poste. La fluorite violette est pour sa part intéressante lorsqu'il s'exerce une pression absurde pour rester travailler tard et emporter des dossiers à la maison. Le diamant d'Herkimer vous sera favorable si vous visez le sommet, souhaitez être un leader et gagner de l'argent grâce aux parts d'une société. Choisissez le jais noir pour surmonter des problèmes de dettes d'entreprise, obtenir une hausse de salaire attendue depuis longtemps, vous lancer dans une seconde carrière après avoir pris votre retraite et trouver le bon endroit où établir votre activité. Le lapis-lazuli peut faciliter les entretiens et les tests pour qu'ils soient couronnés de succès. Il est aussi parfait pour toutes les carrières liées au voyage ou à l'organisation événementielle (dont les conférences, réunions et séminaires). La pierre de lune, d'un blanc crémeux, est l'amie des travailleurs postés, de ceux dont le métier implique des voyages constants et des horaires irréguliers, et des employés en situation de handicap. L'agate mousse vert et bleu, tout comme l'agate arbre, protège les entreprises familiales et les sociétés sur Internet. Elle est utilisée pour les formations qui peuvent prendre

plusieurs années. Optez pour le quartz rutile pour changer de métier avec succès, trouver un emploi après un licenciement, ainsi que pour mener une nouvelle carrière davantage axée sur le spirituel ou le créatif. Les employés seniors peuvent porter cette pierre sur eux pour s'adapter au changement, notamment en matière de nouvelles technologies.

CINQ CRISTAUX UTILES AU TRAVAIL QUE VOUS POUVEZ AJOUTER À VOTRE COLLECTION

Voici mes cinq cristaux préférés pour que règne l'harmonie au bureau et que votre carrière soit un succès. Peut-être souhaiterez-vous les ajouter à votre collection ?

1. La pierre de sang / l'héliotrope

Cristal du soleil, la pierre de sang est d'un vert sombre constellé de taches rouges ou orange, parfois blanches. C'est une pierre de courage pour résister aux individus et aux groupes qui cherchent à vous intimider. Elle est également utile aux jeunes gens qui se font harceler sur les médias sociaux. Elle vous protège quand la compétition fait rage au travail, ou bien si l'on fait pression sur vous pour atteindre des objectifs irréalistes. Gardez une pierre de sang dans un pot en verre dans lequel se trouve de la petite monnaie, et placez le tout dans un endroit baigné de lumière du jour, afin d'attirer l'argent dans votre maison ou votre entreprise. Ce cristal est un véritable porte-bonheur dans toute compétition sportive ou match, que vous soyez sur le terrain ou simple parieur. Il aide également les mères, humaines ou animales, à tisser des liens avec leurs petits après une naissance traumatisante.

Si vous l'avez choisie comme cristal du jour, la pierre de sang vous incite à tenir bon et à persister poliment jusqu'à ce que vous obteniez ce que vous voulez, même si vos chances semblent minces.

2. La chrysoprase verte

Cette pierre de Vénus, vert pomme ou vert menthe, est un cristal de fécondité, tout particulièrement si un deuxième bébé se fait attendre. Elle insuffle la vie à une relation après un échec majeur, une trahison ou une interférence venue de l'extérieur. Frottez-la contre l'enveloppe de vos lettres de candidature et de vos courriers de demande de prêt ou en rapport avec une nouvelle activité. Tenez-en une au-dessus de la souris de votre ordinateur avant d'envoyer votre candidature à un nouveau poste ou de faire une demande de financement en ligne.

Comme cristal du jour, la chrysoprase annonce qu'une opportunité pourrait surgir au moment où vous vous y attendrez le moins et provenir d'une source totalement surprenante, afin de vous faire sortir d'une impasse et d'ouvrir la voie à de nouveaux projets.

3. La fluorite

La fluorite violette, pierre de Neptune, est un cristal qui calme, apaise et permet de se concentrer naturellement, pour que les rêves et les idées puissent s'exprimer concrètement au travail. Elle tempère les adultes et les enfants hyperactifs pour qu'ils puissent atteindre systématiquement leur but et aide les travailleurs acharnés à éviter le burn-out. Elle est idéale pour les activités spirituelles, par exemple chez les thérapeutes et les guérisseurs qui vivent de leur don. Elle accroît également les aspects spirituel et éthique dans les lieux de travail très orientés sur le côté commercial, sans scrupules, ou matériel des choses. Pour les enfants et les adultes qui ne se sentent pas à leur place dans ce monde qui peine à valoriser leur caractère unique, la fluorite peut s'avérer être une pierre extraordinaire.

Vous l'avez sélectionnée comme cristal du jour ? La fluorite violette indique que même si ce que vous souhaitez ne semble pas être l'option

la plus viable financièrement, vous ne devriez pas faire de compromis en matière de principes.

4. Le lapis-lazuli

Avec ses taches bleues et dorées, le lapis est la pierre de la sage Jupiter. Dans la maison, elle encourage la loyauté familiale. Elle inspire la confiance des autres, en particulier quand vous devez remplacer une personne plus haut placée que vous hiérarchiquement. Si elle favorise la progression régulière dans une carrière, c'est aussi le meilleur cristal pour les enfants à haut potentiel et ceux qui souffrent d'autisme ou du syndrome d'Asperger. Il est associé à l'accumulation de richesses et de possessions, ainsi qu'à la gloire par le biais des arts du spectacle ou des arts créatifs. Utilisez-le lorsque vous êtes en quête de justice en empruntant les voies officielles.

Comme cristal du jour, le lapis-lazuli annonce que vous pourriez être appelé à prendre les rênes ou avoir une chance de mener plus loin vos ambitions. Élevez-vous au-dessus des mesquineries et des tentatives de duplicité.

5. L'obsidienne

Pierre de Mars, l'obsidienne noire volcanique veille à ce que tout se déroule sans problème, qu'il s'agisse d'organiser une simple fête pour vos collaborateurs ou de mener à bien un projet de plusieurs millions d'euros. Elle protège des profiteurs et des escrocs. Faites appel à elle pour vous défendre activement contre les personnes agressives ou dans le cadre d'une bataille pour obtenir des dédommagements de la part d'une grande corporation ou du gouvernement.

En tant que cristal du jour, l'obsidienne vous indique que vous avez plus de pouvoir que vous ne le réalisez ; faites-en usage si vous n'avez pas peur de mettre à mal un immobilisme qui doit changer.

5

LES AMULETTES DE CRISTAL POUR LA PROSPÉRITÉ, LA CHANCE ET LES VOYAGES

Dans les chapitres précédents, vous avez chargé des cristaux en énergie pour de multiples usages comme l'amour, la fécondité et la carrière. Ici, nous allons parler d'amulettes, ces symboles qui renferment un pouvoir et/ou une protection qui peut se diffuser pendant plusieurs semaines, plusieurs mois, voire des années.

On utilise le terme de « talisman » quand on consacre une pierre dans un but précis et pour une période spécifique (par exemple, réussir à étudier pour passer avec succès un examen qui a lieu dans six semaines).

Le sachet porte-bonheur renvoie à une collection de cristaux rassemblés dans une petite bourse qui se ferme par un lien. Leurs bienfaits et leurs significations propres s'unissent en une concentration continue qui travaille en vue d'accomplir n'importe quel objectif positif.

CHARGER VOS CRISTAUX POUR QU'ILS DEVIENNENT AMULETTES ET TALISMANS

Sélectionnez, parmi ceux qui sont répertoriés dans les différents chapitres du livre, le ou les cristaux les mieux adaptés à vos besoins. Faites brûler un bâton d'encens, par exemple à la lavande, à la rose ou à l'oliban,

et écrivez dans l'air, à quelques centimètres au-dessus de vos pierres, vos besoins spécifiques, ainsi que leur échéance, en utilisant le bâton d'encens comme un crayon de fumée. Prononcez les mots à voix haute quand vous les écrivez. Cela va les imprimer dans l'éther, cet espace magique dans lequel les vœux peuvent se transformer en réalité. En touchant le cristal ou le sachet porte-bonheur et en prononçant intérieurement ces paroles dans les jours qui vont suivre, vous pourrez libérer son pouvoir dans votre vie à tout moment.

S'il s'agit d'un problème qui perdure, une fois par mois, le soir de pleine lune, laissez les cristaux sur le rebord intérieur d'une fenêtre toute la nuit, afin qu'ils captent ses énergies. Un peu plus tard dans ce chapitre, je décrirai la façon dont vous pourrez réunir différents cristaux dans un sachet porte-bonheur pour mélanger et associer la protection et les forces dont vous avez le plus besoin.

LES CRISTAUX DES VOYAGEURS

Le voyage est l'une des raisons principales pour lesquelles vous pourriez avoir besoin d'une amulette ou d'une breloque de cristal protecteur. Les pierres qui suivent sont particulièrement efficaces.

La kunzite et la sugilite

La kunzite, avec ses stries violettes, et la sugilite, dense, noir et violet, sont les amies des conducteurs automobiles et de ceux qui prennent quotidiennement les transports en commun pour aller travailler. Glissées dans la boîte à gants d'un véhicule, elles peuvent empêcher la violence routière, le stress dans les embouteillages importants, ainsi que les accidents et la fatigue excessive lors de longs trajets. Elles ont également le pouvoir de calmer les passagers pénibles et d'atténuer le mal des transports.

La sodalite

Avec ses tons bleu foncé et blanc, la sodalite aide à surmonter la peur de l'avion. Glissez-en une petite dans une bouteille d'eau que vous pourrez boire ou appliquer sur l'intérieur de vos poignets et au creux de votre cou lors du décollage, de l'atterrissage et en cas de turbulences. Sinon, vous pouvez porter une sodalite en pendentif et la toucher chaque fois que vous aurez peur.

Le quartz fumé

Lorsque vous voyagez seul la nuit, ou passez dans un endroit bondé et potentiellement dangereux, portez sur vous un quartz fumé marron ou gris. Inspirez ses vapeurs grises et expirez vos peurs en les visualisant comme une pâle lumière rouge, afin qu'elle agisse comme un bouclier, réduise votre profil énergétique et vous rende moins visible aux yeux de l'hostilité.

La turquoise

La turquoise, ou sa cousine moins onéreuse, la howlite teinte en bleu, couvre toutes les éventualités liées au voyage et protège les aventuriers de tout âge. Elle protège des virus et des infections dans les pays où les conditions sanitaires sont spartiates, empêche les enfants et les animaux de se perdre dans les moments de transit et évite aux enfants de se faire mal et aux voyageurs d'avoir des démêlés avec les lois et les coutumes locales.

Pierres idéales pour des voyages agréables et sans souci

L'amazonite verte est la meilleure des pierres lorsque l'on part à l'aventure, en camping, ou que l'on visite les endroits dangereux du globe. Elle est aussi utile si l'on se rend à son travail à vélo. L'aigue-marine bleu clair ou verte rend service lors des traversées en mer, des croisières et des voyages

longue distance. L'aventurine bleue, quant à elle, évite de subir des perturbations et de perdre ses bagages, son passeport et sa monnaie locale. L'œil-de-faucon (œil-de-tigre bleu) ou tout cristal œil-de-chat vous empêchera de vous perdre si vous conduisez, en particulier la nuit, ou de vous faire escroquer pendant votre séjour. Il protégera aussi les randonneurs et les étudiants qui voyagent sac au dos. Le jade vert préserve les voyageurs en solo ou les seniors des maladies pendant leurs vacances. Les pierres de lune bleues ou jaunes minimisent les effets du jet-lag quand on traverse plusieurs fuseaux horaires. L'œil-de-tigre rouge vous protégera des ivrognes et des toxicomanes, en particulier à bord des trains et des bus qui circulent de nuit. La pierre de soleil, d'un orange doré, est idéale pour passer des vacances heureuses, réunir les fonds nécessaires pour financer un voyage et réussir son installation quand on part vivre à l'étranger.

LES CRISTAUX QUI APPORTENT LA PROSPÉRITÉ

Afin d'attirer l'argent dans votre vie, tout spécialement si vous rencontrez des difficultés financières, disposez sur votre table un bol de cristaux de roche mêlés à des cristaux de citrine (sept au total : quatre pierres de citrine jaune et trois cristaux de roche). Placez le récipient juste à côté d'une bougie jaune que vous allumerez une fois par semaine pour que sa lueur puisse éclairer les cristaux. Soulevez le bol de cristaux pour qu'il baigne dans la lumière de la bougie et répétez sept fois : « Or et argent je ne possède point. Que dans ma vie vienne la bonne fortune - et rapidement, jusqu'à ce que mes finances s'améliorent. »

L'œil-de-tigre doré

L'œil-de-tigre apporte, de façon graduelle et soudaine à la fois, les finances dont on a besoin urgemment et stoppe la fuite des ressources. Faites appel à lui pour commencer à mettre de l'argent de côté ou maintenir une épargne en place, vous assurer que les revenus continuent d'affluer dans votre foyer à long terme et vous inciter à économiser.

Placez un œil-de-tigre dans un petit pot de céramique doté d'un couvercle, comme un sucrier. Glissez-y chaque jour une pièce de couleur argent ou or. Conservez le pot dans un endroit chaud, afin de couver symboliquement la prospérité. Quand le pot est plein, déposez l'argent sur un compte d'épargne. Laissez l'œil-de-tigre dans le pot et remplissez-le de nouveau de pièces.

L'œil-de-chat

Jaune ou marron, l'œil-de-chat amène une chance financière incroyable et protège de la malveillance et de l'envie. Les gens portent souvent la même pierre pendant des années, afin que sa force et la prospérité qu'elle apporte grandissent. Elle s'achète ou se commande traditionnellement les mercredi, jeudi ou vendredi.

Les cristaux particulièrement propices à la prospérité

L'améthyste tempère les personnes qui ont tendance à faire des dépenses excessives, sont accros aux jeux d'argent, ou réalisent des investissements peu judicieux. Dans sa version polie, la chalcopyrite dorée apporte une grosse injection d'argent grâce à la vente de trésors dénichés sur les marchés, dans les brocantes ou au grenier. Avec sa couleur bronze pailletée d'or, la goldstone attire l'argent de manière inattendue par le biais d'un bonus, d'un rabais ou d'un cadeau. La pyrite de fer métallique argentée est propice

aux solides avantages financiers, décourage celui qui l'utilise de prendre des décisions budgétaires malavisées et permet de réduire naturellement une dette. Les perles symbolisent pour leur part la prospérité née d'humbles débuts. Commencez par une seule perle et, chaque fois que vous fêtez un succès, même infime, ajoutez-en une à votre collection afin de renforcer les énergies. Un petit péridot vert glissé dans votre sac à main ou votre portefeuille, à côté de vos cartes de crédit, attirera l'argent, tandis que près de vos téléphone portable, tablette et ordinateur, il exercera un effet dissuasif sur les pickpockets et les agresseurs.

LES CRISTAUX QUI PORTENT CHANCE

Il se peut que vous possédiez déjà un bijou qui vous porte particulièrement chance. Vous pouvez recharger son énergie toutes les semaines afin de renforcer ses pouvoirs. Plus vous le porterez, plus ses énergies porte-bonheur seront fortes.

Votre propre cristal zodiacal (la pierre associée à votre signe de naissance) est particulièrement synonyme de bonne fortune. Vous en trouverez la liste au chapitre 8, consacré aux cristaux personnels.

Si vous venez de traverser une période de malchance, allumez deux bougies, l'une de couleur sombre et l'autre blanche. Placez le cristal que vous aurez choisi parmi ceux répertoriés ci-dessous, ou toute autre pierre qui vous est personnelle, devant la bougie blanche. Jetez une pincée de poivre dans la flamme de la bougie de couleur sombre et dites : « Malchance, disparais ! » Ensuite, saupoudrez la flamme de la bougie blanche d'une pincée de sel et prononcez ces paroles : « Brille de mille feux et éclaire le chemin qui mène à la chance. » Soufflez la bougie de couleur sombre et laissez la blanche se consumer entièrement.

Le quartz tourmaline

Le quartz tourmaline, ce cristal de roche avec des inclusions de fines baguettes noires, est généralement capable de transformer la mauvaise fortune en chance. Il peut tout à fait s'utiliser dans le cadre de la consécration mentionnée plus haut. Le quartz tourmaline doit être transporté dans un sachet blanc quand on en a spécifiquement besoin pour la chance.

Les cristaux arc-en-ciel

Tout cristal qui présente des reflets arc-en-ciel, comme l'obsidienne noire arc-en-ciel, ou un cristal de roche dans lequel la lumière est fragmentée, est une pierre à vœux. L'obsidienne arc-en-ciel inverse la tendance si vous êtes victime de malchance dans votre carrière ou, si vous êtes à votre compte, dans votre activité.

Tenez cinq pierres roulées entre vos deux mains fermées, secouez vigoureusement cinq fois, lancez-les en l'air et rattrapez-les en disant : « Malchance, disparais ! »

Le quartz arc-en-ciel vous promet le bonheur et le retour de la fortune de la façon dont vous aurez le plus besoin. Tenez-le à la lumière pour distinguer les reflets de l'arc-en-ciel et faites un vœu.

Les cristaux qui attirent la bonne fortune

La pierre de sang rouge et vert est la meilleure des alliées pour les compétitions sportives, les entraînements ou les matchs. Gardez-la dans votre sac de sport, ou cousue dans la doublure d'un vêtement qui vous porte chance. Lorsqu'elle est d'un bleu foncé constellé d'or, la goldstone est la pierre des artistes interprètes et des créateurs, elle provoque les coups de chance ou les contrats intéressants. Touchez-la lorsque vous vous trouvez sous les étoiles et visualisez votre grande percée, imaginez-la se matérialiser. La goldstone

de couleur bronze agit, quant à elle, comme un porte-bonheur dans les concours, les jeux de chance et la loterie. Faites toujours appel à la même pierre ou au même bijou, car ses pouvoirs grandissent avec le temps. Le jade vert inverse la malchance, que ce soit en matière d'amour, d'argent ou de carrière, après une série d'accidents ou une maladie. Le jaspe vert apporte une compensation méritée après un traitement injuste. Le quartz fumé, pour sa part, vous préserve de la mauvaise fortune causée par des personnes malveillantes, des sortilèges et des malédictions. La staurolite, cette pierre grise ou noire qui présente des macles en forme de croix, est traditionnellement considérée comme un talisman protecteur et porte-bonheur (l'ancien président des États-Unis, Théodore Roosevelt, par exemple, en portait sur lui). La pierre de soleil jaune, portée avec une pierre de lune, vous garantit bonne fortune et protection contre l'adversité de jour comme de nuit.

CONSTITUER UN SACHET DE CRISTAUX PORTE-BONHEUR

Les sachets porte-bonheur contenant trois, cinq, voire sept cristaux portent chance et protègent de la mauvaise fortune de façon continue. Vous pouvez choisir d'y glisser des pierres identiques pour renforcer leur pouvoir ou de mélanger les cristaux en différentes combinaisons. Utilisez un petit sac en tissu qui se ferme à l'aide d'un lien ou bien une petite pochette.

Le vert est la couleur qui favorise le plus la chance, mais vous pouvez aussi constituer un sachet porte-bonheur pour la prospérité (jaune pour des résultats rapides, bleu pour une richesse qui s'accumulera lentement et durera dans le temps), pour le voyage (vert), pour l'amour (rose ou vert) et pour la fécondité (orange). Reportez-vous à l'introduction de cet ouvrage pour vérifier la signification des couleurs. Il est traditionnel de constituer un sachet porte-bonheur avec certaines associations de cristaux.

Cependant, vous pouvez les mélanger comme bon vous semble en fonction de vos besoins spécifiques.

Trois petites amazonites vert et blanc avec trois petites aventurines vertes placées dans un petit sachet ou une aumônière de couleur verte porteront chance aux jeux de hasard, à la loterie, dans les concours ou dans toute forme de spéculation. N'oubliez pas d'y glisser aussi vos tickets ou billets d'entrée.

Composez un sachet porte-bonheur avec trois amazonites, un peu de basilic séché et de la menthe. Posez-le ensuite devant une bougie turquoise jusqu'à ce qu'elle se soit consumée. Gardez le sachet près d'un ordinateur si vous jouez au Loto ou vous inscrivez à des concours en ligne, ou encore pour vous porter chance sur les sites de rencontres.

Conservez sept olivines vert olive, ou leur petite sœur, la péridot, brillante et plus sombre avec ses tons vert bouteille, dans un sachet porte-bonheur vert afin de vous assurer que la prospérité afflue en continu et que l'on ne vous escroque jamais.

Portez sur vous un sachet porte-bonheur jaune ou doré contenant cinq pierres œil-de-tigre quand vous gérez des titres et des actions, songez à des investissements immobiliers, ou rencontrez quelqu'un qui vous a fait une offre. Touchez-le dans votre poche et vous saurez, tout simplement, si l'offre est bonne ou trop belle pour être vraie.

Constituer le sachet

Allumez une bougie de la même couleur que votre sachet, placez les cristaux de votre choix sur un plat que vous poserez devant la bougie. Vous pouvez mélanger différents cristaux pour en faire un sachet multi-usage (par exemple, en y glissant de la turquoise pour être protégé lors de vos trajets quotidiens, du jade pour que l'amour dure longtemps et que la bonne

fortune vous sourie, un cristal arc-en-ciel afin que vos rêves deviennent réalité, une goldstone pour la chance qui survient de manière inattendue et du quartz fumé pour vous préserver de toute malveillance). Vous pouvez bien entendu composer des sachets pour des membres de votre famille.

Si vous le désirez, vous pouvez ajouter votre cristal zodiacal (voir page 96) ou celui de la personne à qui vous destinez le sachet. Tout en offrant les pierres tenues dans vos mains ouvertes à la lumière de la bougie, nommez par trois fois l'intention du sachet, la personne à qui il se destine, ainsi que les délais, puis dites : « Que seules la bonté et la lumière emplissent ces cristaux. » Ajoutez chaque cristal séparément dans le sachet, annonçant son intention spécifique, ou, s'il s'agit de mêmes pierres, répétez à chaque fois le but du sachet.

Charger le sachet d'énergie

Refermez la pochette (ou nouez le lien autour du sachet en faisant trois nœuds) et placez-la devant la bougie. Faites brûler deux bâtons d'encens aux notes florales ou boisées que vous aurez allumés à l'aide de la flamme de la bougie. Un bâton dans chaque main, à quelques centimètres au-dessus du sachet, tracez, de la main avec laquelle vous écrivez, des cercles dans le sens des aiguilles d'une montre, tandis que de l'autre vous ferez des cercles en sens inverse, en suivant un rythme doux et régulier. Lorsque vous avez le sentiment que les cristaux sont emplis d'énergie, soufflez la bougie et laissez les bâtons se consumer dans leur brûle-encens près du sachet.

Maintenir l'énergie présente dans votre sachet

Une fois fermé, votre sachet ne doit pas être rouvert. S'il est destiné à quelqu'un d'autre, offrez-le le plus rapidement possible après l'avoir constitué. Si, pour une raison quelconque, il ne vous est pas possible de le faire, nommez

celui ou celle à qui vous souhaitez le donner et gardez-le auprès d'une photo de la personne ou de l'animal en question. Vous pouvez en outre composer des sachets miniatures à emporter dans votre sac à main, votre poche ou la boîte à gants de votre voiture, comme un pochon de kunzite et de fluorite mélangées. Autre option : dans vos bagages, conservez un sachet empli d'un mélange de sodalite, calcédoine bleue et œil-de-tigre rouge. Portez votre sachet sur vous dans les moments cruciaux (par exemple, avant un entretien).

CINQ CRISTAUX À AJOUTER À VOTRE COLLECTION

Vous trouverez ci-dessous les cinq cristaux supplémentaires que je vous ai présentés dans ce chapitre. Libre à vous de les ajouter à votre collection. Le nombre de cristaux que vous utilisez pour sélectionner votre pierre du jour importe peu, car les bonnes énergies seront toujours révélées.

1. L'amazonite

Bleue, verte ou turquoise, l'amazonite est la pierre de pouvoir de la femme, qu'elle aide, en particulier si elle est seule, à optimiser son potentiel et à triompher du harcèlement à la maison ou au travail. L'amazonite porte chance aux hommes et aux femmes qui récoltent des récompenses grâce à leur bonne fortune et leur mérite.

Neuf pierres d'amazonite, disposées en cercle dans votre espace de travail, attireront les nouvelles affaires et les commandes si vous êtes à votre compte, ou apporteront promotions et indépendance si vous travaillez au sein d'une entreprise. Elle est idéale pour les activités centrées sur les femmes.

Comme cristal du jour, l'amazonite vous indique que vous allez pouvoir surmonter un préjudice ou une injustice persistants et obtenir le respect et la considération que vous méritez.

2. La goldstone bleue

Cette magnifique pierre brillante en verre bleu et doré qui ressemble à un ciel étoilé nous indique que nous pouvons tout accomplir grâce à nos efforts personnels, puisque ce cristal de toute beauté a été créé par l'homme. La goldstone bleue est la pierre des acteurs, de tous les artistes interprètes, de quiconque évolue dans le monde du théâtre, de l'édition, de l'art ou des médias à la recherche de la célébrité. Cristal des travailleurs postés et de ceux qui voyagent de nuit, la goldstone bleue nous empêche de reproduire les mêmes erreurs ou de suivre les vieux schémas. C'est avant tout une pierre à vœux. Inspirez l'énergie d'un cristal ou d'un bijou de goldstone bleue par une nuit étoilée et chuchotez-lui votre souhait.

Vous l'avez sélectionnée comme cristal du jour ? La goldstone bleue vous invite à saisir les opportunités des deux mains, car tout est réuni pour que vous fassiez forte impression.

3. La goldstone

La version originale rouge-bronze et dorée de cette pierre magique atténue la timidité chronique qui rend douloureuse toute situation de socialisation, de repas ou de prise de parole en public. Porteuse de chance et de prospérité, elle vous aidera à gagner votre vie grâce à vos talents et à vos créations. C'est une pierre transformative, qui permet de changer de vie : elle vous encourage à ne plus vouloir plaire aux autres ni à essayer de vous intégrer, mais à vous aimer tel que vous êtes et pour qui vous êtes.

Si vous l'avez choisie comme cristal du jour, la goldstone vous conseille de vous détendre, de vous amuser et de ne pas vous soucier de ce que les autres pensent de vous.

4. La pyrite

D'un gris métallique, la pyrite de fer présente sur sa surface des creux naturels lorsqu'elle est sous forme de pierre roulée. Elle possède de grandes vertus protectrices contre les personnes qui veulent tout régenter, la critique infondée et les manipulations d'un partenaire, d'un parent ou d'un employeur. Gardez-la près de l'ordinateur ou du téléphone pour filtrer les escroqueries. Cette pierre vous rappelle de ne pas accepter de rester à l'arrière-plan, ni de choisir la facilité. Elle permet un retour à l'envoyeur en cas de pensées négatives ou d'attaques psychiques et améliore la mémoire et la concentration.

En tant que cristal du jour, la pyrite de fer vous pousse à la méfiance : face à une affaire en or ou une offre idéale qui semblerait être une réponse à vos problèmes, vérifiez soigneusement qu'elle ne cache pas des vices ou des conditions particulières.

5. La pierre de soleil

D'un orange doré avec des reflets iridescents, la pierre de soleil est celle du bonheur pur. Elle génère de l'enthousiasme lorsque vous vous retrouvez entouré de personnes négatives. Portez-la quand vous commencez un nouveau sport ou une routine d'exercices différente, afin qu'elle vous donne la motivation de persévérer. Gardez-la près de votre ordinateur si vous offrez vos services en ligne, ou pour renforcer les effets positifs de votre profil sur les sites de réseaux sociaux ou de rencontres. La pierre de soleil tempère la dépendance excessive à l'approbation des autres.

Si vous l'avez sélectionnée comme cristal du jour, la pierre de soleil vous promet un avenir au beau fixe. Profitez du présent sans vous demander si le bonheur va durer… La réponse est oui !

6

LES CRISTAUX DE SANTÉ, DE BONHEUR ET DE BIEN-ÊTRE

L'une des vertus les plus importantes des cristaux est leur capacité naturelle à générer et maintenir la bonne santé, le bonheur et le bien-être dans nos vies.

RÉINSTAURER LE CALME ET UN SOMMEIL SEREIN GRÂCE AUX CRISTAUX ET AUX BOUGIES DE COULEUR

Lorsqu'elles sont de la même couleur qu'un cristal, les bougies amplifient ses effets. Si vous vous sentez stressé et n'arrivez pas à « débrancher » ou à vous détendre, les pierres et les bougies peuvent restaurer votre arc-en-ciel intérieur, et vous permettre de passer le reste de la soirée dans le calme et d'aller vous coucher dans un agréable état de somnolence.

Sur la table dont vous vous servez habituellement pour vos cristaux, disposez en cercle des pierres de la même nuance que les couleurs principales de l'arc-en-ciel : rouge, orange, jaune, vert, bleu et violet. Au centre du cercle, placez un cristal blanc transparent de plus grande taille. Derrière chaque pierre, allumez une petite bougie de couleur identique. Asseyez-vous confortablement face à l'arc-en-ciel que vous venez de constituer. Visualisez

les rayons colorés émanant de chacune des pierres et des bougies se transformer lentement en une roue de lumière tournoyante qui vous entoure et vous enveloppe dans une bulle arc-en-ciel. Tout en inspirant doucement par le nez et en expirant par la bouche, imaginez avec force que les couleurs se fondent en une lumière blanche et dorée qui pénètre votre corps en remontant depuis vos pieds et, en même temps, se déverse d'en haut et tout autour de vous, de telle sorte que votre bulle devienne blanc et or. Fermez les yeux et sentez le doux picotement du blanc et de l'or, répétant en votre for intérieur ou à voix basse : « Je suis pure lumière. » Peu à peu, reconnectez-vous à votre respiration. Lorsque vous êtes prêt, ouvrez les yeux et profitez de la soirée pour écouter une musique douce. Certaines personnes choisissent de jouer une musique apaisante durant tout le rituel.

LES CRISTAUX DISPOSÉS EN GRILLE, SOURCE DE BIEN-ÊTRE

Vous pouvez disposer des cristaux autour de vous-même, de votre lit, de votre chaise ou d'une pièce, mais aussi autour de la nourriture, des boissons ou des ustensiles de cuisine ; des ordinateurs ou des outils de travail ; de la photo d'une personne ou d'un lieu au sujet deslequels vous avez besoin de paix. N'hésitez pas à relire les chapitres précédents afin de revoir les multiples façons qui existent d'arranger ses cristaux. Les seules limites seront votre ingéniosité et votre imagination !

Pour commencer, utilisez une collection de neuf petits quartz roses ou améthystes violettes afin d'amener le calme et l'équilibre, ainsi qu'une deuxième série de cristaux de roche ou de citrines jaunes, plus chauds, pour insuffler l'énergie. Au fil du temps, vous achèterez neuf pierres dans les tons rouges, orange, jaunes, verts, bleus, violets, roses, marron, gris et noirs. Vous pourrez alors les mélanger en composant vos grilles de cristaux.

MÉTHODE ALTERNATIVE POUR PRÉPARER DE L'EAU INFUSÉE AUX CRISTAUX

Si vous souhaitez une liste détaillée des cristaux que l'on peut faire tremper directement dans l'eau en toute sécurité, je vous invite à vous référer à mon livre, *Le Guide des cristaux* (Courrier du Livre, 2015).

ÉVITER DE PLONGER DIRECTEMENT DANS L'EAU : l'azurite, le cinabre, le cuivre sous toutes ses formes, la crocoïte, tout ce qui contient de l'érythrite ou de la fuchsite, l'halite, le lapis, la malachite, la météorite, la sélénite, la turquoise ou la vanadinite.

Cette deuxième méthode de préparation d'élixir spirituel est tout aussi efficace que celle qui consiste à faire tremper les cristaux. Remplissez à moitié d'eau un grand saladier en verre au centre duquel vous placerez un petit récipient également en verre, avec ou sans couvercle (un vieux flacon avec un bouchon qui se visse fera très bien l'affaire). Tenez chacun des cristaux tour à tour, les ajoutant un par un dans le petit récipient flottant à la surface du saladier, en annonçant l'intention derrière la préparation de votre élixir. Laissez le saladier pendant vingt-quatre heures près d'une fenêtre dans une pièce très lumineuse. Remplissez ensuite vos bouteilles de l'eau ainsi infusée.

Utilisation des eaux infusées

Versez l'eau infusée de cristaux dans le bain, mouillez-en un gant de toilette, ou ajoutez-en dans les flacons de shampooing et de gel douche. Vaporisez l'élixir de cristaux à la racine de vos cheveux, sur le front, la gorge et la face interne de vos poignets afin de vous rafraîchir pendant la journée en cas de coup de fatigue, de stress ou de léthargie (la cornaline, l'ambre ou la fluorite transparente sont ici idéaux).

Utilisez également l'élixir pour masser un membre ou une articulation douloureux (aragonite orange ou jaune), ou bien le front et les tempes pour soulager un mal de tête (quartz rose). Si vous souhaitez exprimer vos idées

et vos sentiments de façon claire mais non agressive, appliquez une eau infusée d'agate blue lace ou d'aigue-marine à la base de votre cou. Adoptez l'élixir pour des cheveux brillants de santé (pierre de lune) et en gargarisme pour rafraîchir l'haleine (citrine et chrysoprase).

Préparez thé, café ou boissons fraîches en utilisant à peine quelques gouttes d'eau infusée de cristaux bleus ou verts s'il y a des tensions ou si les esprits s'enflamment à la maison ou au travail.

Afin de réduire le stress après une journée de travail ou une nuit d'insomnie, concoctez des boissons pour le soir avec de l'eau de fluorite violette ou de jade.

Vaporisez de l'eau infusée de quartz fumé ou rutile dans votre maison ou votre espace de travail pour vous protéger du sarcasme, des rumeurs, de la rancune ou du harcèlement (choisissez l'amazonite si vous êtes une femme).

Ajoutez l'élixir au cycle de rinçage de votre lessive afin d'imprégner d'énergie (chrysoprase) ou de chance (aventurine verte) les vêtements que vous ou les membres de votre famille porterez le lendemain. Pour la mémoire, la concentration, ou faire bonne impression, optez pour une concoction à base de cristaux bleus ou jaunes. Autre option : vous pouvez en vaporiser quelques gouttes sur vos vêtements avant de les repasser.

Si vous suivez un régime ou essayez d'arrêter de fumer, buvez de l'eau d'améthyste ou d'amétrine pendant la journée afin de réduire les fringales ou les envies impérieuses de cigarette. Prenez de l'eau de pierre de lune pour aider à la perte de poids et atténuer les angoisses en lien avec l'alimentation.

Pour favoriser la fécondité, massez-vous le bas du ventre avec de l'eau de pierre de lune avant de faire l'amour et les trois soirs qui précèdent, ainsi que la nuit de la pleine lune.

Ajoutez des cristaux protecteurs et énergisants (un mélange d'aigue-marine et de jaspe jaune) à l'eau de lavage d'une voiture ou d'une moto, et vaporisez un mélange protecteur et apaisant (quartz rose et jade) sur les jeux

d'extérieur, les vélos et les portiques utilisés par les enfants pour empêcher les disputes et les accidents.

Une nouvelle maison, un nouveau lieu de travail ou un véhicule tout neuf ? Faites appel aux vertus d'un élixir à base d'angélite, de chrysocolle et d'aventurine pour les consacrer.

Pulvérisez un peu d'eau d'obsidienne arc-en-ciel ou flocon de neige autour ou directement sur des affaires que vous avez achetées ou que l'on vous a données, en particulier si elles appartenaient à quelqu'un d'autre auparavant ou si leur origine vous est inconnue.

Remplissez un brumisateur, comme ceux que l'on utilise pour arroser les plantes, d'un élixir à base de jade, de quartz rose et d'agate blue lace (ou de quartz fraise) pour détendre l'atmosphère dans une pièce ou y diffuser un sentiment de sérénité avant un rassemblement ou après une dispute.

Déposez quelques gouttes d'eau de quartz rose ou d'émeraude sur vos poignets et votre cou afin d'attirer l'amour ou de le faire grandir.

CINQ CRISTAUX À AJOUTER À VOTRE COLLECTION

Ces cinq pierres supplémentaires sont particulièrement bénéfiques pour la santé et le bien-être. Vous pouvez les ajouter, si vous le souhaitez, à votre collection grandissante de cristaux.

1. L'amétrine

Ce mélange naturel d'améthyste violette et de citrine jaune et brillante est gouverné par Mercure. C'est le cristal de l'équilibre, il est donc idéal monté en bijou ou en amulette si les personnes qui vous entourent sont hyperémotives ou d'humeur changeante. Pierre du négociateur, l'amétrine brise également les barrières qui se dressent entre deux points de vue radicalement opposés et aide à reprendre le travail après une absence.

En tant que cristal du jour, l'amétrine vous annonce que vos efforts pour réunir deux camps actuellement en conflit vont enfin se révéler payants, ce qui va vous faciliter la vie.

2. Le quartz citron

Associé à Mercure, ce cristal transparent jaune citron est le détoxifiant ultime, d'un point de vue physique et émotionnel. Il amène dans votre vie la chance, de nouvelles personnes et de nouveaux centres d'intérêt, repousse la rancune et les paroles méchantes si vous êtes régulièrement confronté à une personne jalouse ou malveillante, et rompt l'emprise d'un manipulateur ou de quelqu'un qui s'adonne à des jeux psychologiques.

Choisi comme cristal du jour, le quartz citron réclame de ne pas prendre part à une dispute entre amis ou membres de votre famille, car vous pourriez bien finir par être mis en cause lors d'un revirement soudain des antagonistes.

3. L'obsidienne flocon de neige

Cette obsidienne noire, tachetée de points blancs parfois en forme de petites fleurs, est gouvernée par Saturne et Mars. Elle nous aide à nous estimer à notre juste valeur, pour qui nous sommes réellement, plutôt que d'essayer de coller à des images impossibles de perfection. Enterrez ce cristal devant votre porte d'entrée pour faire barrage à la malchance liée à la perte d'argent, la maladie ou l'amour. C'est une pierre qui laisse s'exprimer de manière positive une colère ou un ressentiment contenus afin que les relations puissent progresser, et que nous-mêmes puissions avancer.

Vous l'avez sélectionnée comme cristal du jour ? L'obsidienne flocon de neige vous annonce que vous pourriez découvrir qu'une personne que vous n'appréciez pas ou qui ne vous inspirait pas confiance va finalement se révéler fiable. De plus, essayez de trouver une autre façon d'exprimer les vieux sujets de querelle.

4. La rhodochrosite

Rose et veinée de rose pâle ou de blanc, la rhodochrosite est associée à Vénus. Elle fait souffler un vent de dynamisme après une période de stagnation ou de doute et redonne enthousiasme et motivation. Elle vient également en aide aux enfants qui entrent à la crèche ou à l'école - ou aux plus âgés, à l'université -, afin qu'ils se fassent des amis et s'adaptent facilement. Cette pierre vous permettra enfin de faire revenir un amour perdu, mais aussi un ami ou un membre de la famille qui a rompu tout contact, ou encore un animal égaré.

Comme cristal du jour, la rhodochrosite vous invite à ouvrir votre cœur à la possibilité de l'amour et de l'amitié. Vous pourriez bien découvrir que l'un ou l'autre n'était finalement pas loin pendant tout ce temps ! Préférez les amis de longue date que vous tenez en haute estime aux nouvelles connaissances que vous trouvez passionnantes.

5. Le rubis sur zoïsite

Gouverné par Vénus et Mars, le rubis sur zoïsite est une pierre vert et rose foncé allant jusqu'au rouge. Ce cristal allie la passion pour toute chose et tout être à l'accroissement graduel et concret des énergies de la terre. Il est idéal pour les couples de même sexe et en cas de problèmes liés à l'égalité hommes-femmes. Quand dans une relation l'un des partenaires souffre de troubles sexuels ou songe à l'infidélité, il aide à raviver la passion. Il est également utile au travail, lorsque l'on doit respecter des échéances et éviter qu'une passion malvenue ne s'instille dans une relation harmonieuse entre un homme et une femme.

Si vous avez choisi le rubis sur zoïsite comme cristal du jour, il est possible que vous deviez freiner votre désir de résultats immédiats et emprunter la voie, moins intéressante mais plus prudente, du fameux *wait and see*.

7

SOIGNER PAR LE BIAIS DES CRISTAUX

Les cristaux sont utilisés à des fins thérapeutiques depuis l'époque de l'Égypte antique. Si les pierres ne se substituent pas à la médecine conventionnelle, elles peuvent encourager notre système immunitaire et nos capacités à l'autoguérison à passer à l'action et renforcer les effets positifs des traitements traditionnels.

SOIGNER AVEC VOTRE COLLECTION DE CRISTAUX PERSONNELLE

Votre collection personnelle de douze cristaux est idéale pour soigner, car vous avez déjà établi une forte connexion spirituelle avec leurs énergies. Avant de les utiliser dans un but thérapeutique, invoquez les archanges de la guérison que sont Raphaël, Ariel, Zadkiel et Gabriel, afin qu'ils vous envoient leur bénédiction à travers les cristaux de la façon et au moment qui seront opportuns pour vous.

Ensuite, lavez vos pierres sous le jet du robinet ou tracez au-dessus d'elles des cercles concentriques avec la fumée d'un bâton d'encens aux notes florales ou boisées, tout en remerciant les anges.

La liste suivante vous donnera les vertus thérapeutiques des différentes couleurs. Vous pouvez constituer une deuxième collection de pierres dédiées au soin si vous le désirez. Conservez alors celles-ci dans un bol en verre ou en céramique spécialement consacré à la lithothérapie.

Choisissez une pierre pour chaque couleur principale répertoriée ci-dessous et deux cristaux pour le blanc - l'un brillant, l'autre doté d'une énergie plus douce. Notez que certaines pathologies réagissent à diverses couleurs.

Blanc brillant

VERTUS THÉRAPEUTIQUES : corps dans son intégralité, santé générale, intégration de l'esprit, du corps et de l'âme, cerveau, troubles neurologiques, auto-immunité, douleur aiguë.

GEMMES ET CRISTAUX : aragonite, cristal de roche, fluorite transparente, diamant, diamant d'Herkimer, quartz angel aura, quartz arc-en-ciel, saphir blanc, topaze blanche et zircon.

Blanc opaque

VERTUS THÉRAPEUTIQUES : troubles hormonaux, problèmes liés aux seins ou à l'utérus, infertilité, grossesse, accouchement, équilibre hydrique des mères et de leur bébé, processus graduel de guérison d'une maladie, dépression ou épuisement, affections de la moelle épinière et des globules blancs.

GEMMES ET CRISTAUX : calcite, howlite, opale laiteuse, quartz laiteux, pierre de lune, perle, sélénite et quartz neige.

Rouge

VERTUS THÉRAPEUTIQUES : stimuler le système dans son intégralité, énergie, force, faire remonter une tension trop basse, améliorer la circulation sanguine, croissance cellulaire, maladies du sang (en particulier

l'anémie), reproduction et infertilité, pieds, mains, squelette, dos, utérus, pénis, vagin, impuissance masculine.

GEMMES ET CRISTAUX : agate rouge, pierre de sang/héliotrope, opale de feu, grenat, jaspe, œil-de-tigre rouge et rubis.

Orange

VERTUS THÉRAPEUTIQUES : ovaires, intestin grêle, rate, vésicule biliaire et bile (voir aussi : jaune), reins, maladies cœliaques, règles et ménopause, arthrite et rhumatismes, problèmes de poids et troubles alimentaires, système immunitaire.

GEMMES ET CRISTAUX : ambre, aragonite, béryl, calcite, cornaline, célestine, jaspe, mokaïte et pierre de soleil.

Jaune

VERTUS THÉRAPEUTIQUES : foie et estomac, allergies alimentaires, digestion, système lymphatique, métabolisme, glycémie, mémoire et concentration, épuisement nerveux, aide aux fumeurs, jaunisse, eczéma et problèmes de peau, stimulation du système nerveux.

GEMMES ET CRISTAUX : calcite (jaune et miel), chrysobéryl, citrine, jaspe, chrysoprase citron, quartz rutile et topaze.

Vert

VERTUS THÉRAPEUTIQUES : cœur, poumons, appareil respiratoire, ulcères, infections et virus (notamment la grippe, la bronchite et la pneumonie), fièvre, rhumes, crises de panique, addictions, asthme, rhume des foins, allergies respiratoires.

GEMMES ET CRISTAUX : amazonite, aventurine, chrysoprase, émeraude, fluorite, jade, malachite, agate mousse et tourmaline.

Bleu

VERTUS THÉRAPEUTIQUES : glande thyroïdienne, gorge, fièvre, inflammations de la peau et de la bouche, dents, éruptions cutanées infantiles, tumeurs, coupures, bleus et brûlures, soulagement de la douleur, baisse de la tension et du pouls, yeux, oreilles, migraines et maux de tête, diabètes, difficultés de communication (en particulier autisme, syndromes de Gilles de la Tourette et d'Asperger), troubles orthophoniques.

GEMMES ET CRISTAUX : angélite, quartz aqua aura, calcédoine bleue, agate blue lace, quartz bleu, célestite, cobalt aura, iolite, kyanite, lapis-lazuli, saphir, topaze et turquoise.

Violet

VERTUS THÉRAPEUTIQUES : maux de tête et migraines, cuir chevelu, cheveux, sinusite, muqueuses, addictions (en particulier à l'alcool et au jeu), névroses et phobies, hyperactivité et TDAH, sciatique, accouchement, terminaisons et communications nerveuses, troubles psychologiques, hémisphères du cerveau, système nerveux dans son intégralité.

GEMMES ET CRISTAUX : améthyste, amétrine, charoïte, fluorite, lépidolite, sodalite, sugilite, super seven et quartz titane.

Rose

VERTUS THÉRAPEUTIQUES : glandes, migraines dues au stress, problèmes d'oreille, maladie psychosomatiques et générées par le stress, maladies infantiles, traumatisme et maltraitance psychologiques (tout particulièrement subis pendant l'enfance), problèmes hormonaux ou de fertilité chez la femme depuis la puberté jusqu'à la ménopause, troubles du sommeil, cauchemars.

GEMMES ET CRISTAUX : corail, manganocalcite ou calcite rose, morganite, calcédoine rose, quartz rose et tourmaline.

Marron

VERTUS THÉRAPEUTIQUES : pieds et jambes, intestin, gros intestin, maladies gériatriques (notamment les troubles dégénératifs tels que la démence, les tumeurs et les maladies chroniques), traitement de la douleur, animaux.

GEMMES ET CRISTAUX : agate rubanée, rose des sables, bois fossilisé ou pétrifié, fossiles, jaspe léopard, quartz rutile, toutes les pierres de jaspe couleur sable et tachetées de brun, quartz rutile, œil-de-tigre et zircon.

Gris

VERTUS THÉRAPEUTIQUES : lésions, blessures, brûlures, tissus conjonctifs et communication nerveuse, obsessions et anxiété profonde, douleur persistante, maladie dont la cause ne peut être diagnostiquée ou pour laquelle il n'existe pas de traitement efficace.

GEMMES ET CRISTAUX : larme d'Apache (obsidienne transparente), agate rubanée, labradorite, pierre d'aimant, météorite, hématite argentée et quartz fumé.

Noir

VERTUS THÉRAPEUTIQUES : douleur, constipation, syndrome du côlon irritable, protection contre les effets secondaires des traitements invasifs (comme les rayons X ou la chimiothérapie), chagrin profond, dépression.

GEMMES ET CRISTAUX : corail noir, opale noire, perle noire, jais, obsidienne, onyx, obsidienne flocon de neige, tectite et tourmaline (schorl).

MÉTHODE MULTI-USAGE D'AUTOGUÉRISON PAR LES CRISTAUX

Si vous n'avez encore jamais travaillé la lithothérapie ou la guérison, voici une excellente façon de lier les cristaux à votre propre système d'autoguérison et à celui des êtres qui vous sont chers et que vous soignez.

Choisissez dans votre collection la pierre de la couleur qui vous semble la plus adaptée à vos besoins.

Sinon, laissez votre main vous guider en la passant au-dessus de votre collection de cristaux pour sélectionner le bon. Il se peut que ce ne soit pas celui que vous auriez choisi logiquement, car il est possible que vous ignoriez certains facteurs. Par exemple, si vous avez une migraine, qui serait normalement soulagée grâce à une pierre violette, et que vous en avez pris une jaune sans regarder, cela pourrait indiquer qu'une allergie alimentaire serait la source de vos maux de tête.

Comment procéder

Tenez le cristal choisi entre vos deux mains jointes en offrande et consacrez-le afin qu'il représente ce dont vous souhaitez vous débarrasser, comme la douleur, la peur, les symptômes d'une maladie chronique ou une migraine.

Imaginez ensuite que le cristal devienne de plus en plus lourd au fur et à mesure qu'il se charge de la douleur, de la peur, de la maladie. Il se peut alors que vous le sentiez physiquement peser plus lourd tandis que vos sentiments négatifs ou votre douleur s'éloignent doucement.

Lorsque la pierre est trop lourde à porter, ou quand vous avez le sentiment qu'elle est pleine, lavez-la sous le jet du robinet, ou, si elle est délicate, tracez au-dessus d'elle des cercles dans le sens inverse des aiguilles d'une montre à l'aide d'un bâton d'encens aux notes florales, puis placez-la à un endroit où elle sera baignée de lumière.

Il est possible que vous deviez faire ce rituel de nombreuses fois s'il s'agit d'un problème récurrent. Utilisez alors toujours le même cristal.

SOIGNER AVEC UN SEUL ET UNIQUE CRISTAL

En matière de lithothérapie, la seule chose à faire est de faire confiance au cristal qui a été sélectionné : il va guider votre main afin qu'elle emprunte les bons chemins pour soigner le corps. Le soin par les pierres fonctionne à travers les vêtements fins. Si vous travaillez avec quelqu'un d'autre que vous-même, vous pouvez lui proposer une couverture douce s'il le désire.

Soigner avec des cristaux prend du temps. Vous pouvez allumer des bougies, brûler des huiles parfumées et mettre de la musique pour rendre l'expérience agréable. Travaillez en gardant le niveau de conversation au minimum, afin que le patient se détende - vous pourrez toujours parler après la séance, car vous aurez peut-être libéré beaucoup d'inquiétude. Détendez-vous, restez assis ou debout et laissez le cristal trouver ses propres mouvements en le tenant à deux ou trois centimètres de votre corps, de celui d'un ami ou d'un membre de votre famille. Généralement, c'est la main avec laquelle vous écrivez que vous utiliserez le plus naturellement, mais faites-vous confiance.

Commencez par l'avant du corps, à quelques centimètres au-dessus du pied droit, et déplacez le cristal en remontant le long de la jambe droite. Passez lentement votre pierre le long du corps, en faisant des gestes qui s'entrecroisent. Depuis le bout des doigts de la main gauche et le bras gauche, laissez-la guider votre main dans un chemin en spirale. Allez jusqu'à votre visage, vos cheveux, le sommet de votre crâne, puis redescendez par le bras droit et la main droite, finissant par le pied gauche. De manière spontanée, votre main fera, avec le cristal, des mouvements dans le sens inverse des aiguilles d'une montre pour enlever la douleur, les tensions et la tristesse

et des cercles vers la droite pour apporter la lumière, la chaleur, l'énergie et l'espoir. Cela est valable qu'il s'agisse d'un problème physique, émotionnel, spirituel ou, comme c'est le plus souvent le cas, d'un mélange des trois.

Si le cristal décrit des cercles au-dessus d'un endroit particulier, cela veut dire qu'il a détecté un nœud énergétique. Laissez-le défaire ce nœud d'énergie prisonnière, comme vous dénoueriez un fil emmêlé dans le monde physique. Il se peut également que votre pierre s'arrête au-dessus d'un point. Vous aurez alors dans vos doigts la sensation qu'elle s'est momentanément vidée de son énergie. Cela indique une zone dévitalisée, d'où l'énergie a été drainée ou bien dans laquelle elle se trouve bloquée par les tensions. Les zones dévitalisées seront automatiquement régénérées par de lents mouvements circulaires effectués dans le sens des aiguilles d'une montre, jusqu'à ce que vous ressentiez l'énergie vibrer de nouveau de façon harmonieuse. Soyez à l'écoute et laissez le cristal faire son travail. Quand il aura quitté votre pied gauche, vous saurez que la séance est terminée.

Si vous soignez quelqu'un, vous pouvez le faire s'allonger. Après avoir travaillé sur le devant du corps, demandez-lui de se retourner afin de pouvoir agir sur l'autre côté. Pour ce faire, partez cette fois de l'arrière de la tête et descendez le long de la colonne vertébrale, toujours avec des mouvements entrecroisés qui passeront au-dessus des deux bras, le gauche puis le droit, descendront le long des jambes et finiront sur les pieds, le gauche puis le droit. Travaillez à genoux ou assis afin d'être complètement détendu.

Le soin de lithothérapie ressemble à l'oscillation lente d'une danse. Si vous le prodiguez à vous-même, travaillez sur l'arrière du corps en faisant descendre le cristal de votre tête jusqu'à votre nuque, de telle sorte que vous puissiez toucher chacune de vos épaules tour à tour, la gauche, puis la droite. Arrêtez-le un instant et un flot d'énergie cascadera le long de votre dos. Lorsque l'arrière de votre corps vous semblera en harmonie, faites

revenir la pierre à l'avant sur l'épaule droite, et continuez à descendre vers le bras droit avec des mouvements concentriques, votre cristal toujours placé à quelques centimètres au-dessus du corps, puis poursuivez comme mentionné auparavant. Si le soin vous est destiné, il est possible que le cristal s'arrête à de nombreuses reprises lorsque vous travaillez à l'avant et que vous sentiez l'énergie vous traverser en rejoignant l'arrière de votre corps.

TRAVAILLER AVEC DES PAIRES DE CRISTAUX

Une fois que vous maîtrisez la méthode avec une seule pierre, vous pouvez rééquilibrer l'énergie du corps à l'aide de deux cristaux. Ce procédé s'utilise en général pour soigner quelqu'un d'autre, mais vous pouvez tout à fait l'employer sur vous-même, exactement de la même manière qu'avec le cristal unique, en travaillant sur l'arrière du corps par le biais de vos épaules (poser une main tenant un cristal sur chaque épaule, de telle sorte que la main droite soit sur l'épaule gauche et la main gauche sur l'épaule droite).

Pour commencer, choisissez un cristal de roche ou de la citrine que vous tiendrez de la main avec laquelle vous écrivez et un quartz rose ou une améthyste que vous tiendrez de l'autre.

Pour un soin plus doux, utilisez une paire d'améthystes.

Si les problèmes de santé sont urgents, ou si les traitements conventionnels ne fonctionnent pas, optez pour des cristaux opaques puissants et à forte vibration, comme le jaspe rouge ou l'œil-de-tigre.

En cas de douleurs, faites appel aux bienfaits de deux pierres de quartz fumé.

N'hésitez pas à vous servir de paires de cristaux sur les animaux, en choisissant des pierres de couleurs pâles, ou n'importe quelle agate brune, une gemme reliée à la terre.

Comment procéder

Entraînez-vous à déplacer les deux pierres en même temps, en tenant la première, dite « pierre de pouvoir », de la main avec laquelle vous avez l'habitude d'écrire (celle-ci fera des mouvements concentriques dans le sens des aiguilles d'une montre) et la deuxième, la « pierre de réception », dans l'autre main (celle-là fera des cercles concentriques dans le sens inverse des aiguilles d'une montre).

Demandez à la personne de s'allonger sur un lit, les yeux clos. En partant de son pied droit, toujours à quelques centimètres au-dessus du corps, remontez jusqu'à sa tête en déplaçant la paire de cristaux sur une trajectoire parallèle, de telle sorte qu'ils tracent des cercles sur tout le corps en s'entrecroisant. Les pierres trouveront leurs propres chemins, gardez donc vos mains lâches et détendues tandis que vous les tenez. Les cristaux accéléreront automatiquement leurs mouvements au-dessus des points d'énergie et des organes internes. Le fait que l'action soit double est en soi thérapeutique, puisqu'en se déplaçant, les pierres équilibrent les énergies. Parfois, il semblera qu'un cristal soit plus actif que l'autre pendant que les énergies se rééquilibrent.

Si jamais vous sentez une résistance, comme une irrégularité ou bien un blocage émanant du patient que vous ressentez dans votre propre corps, cela indique la présence d'une stagnation des flux d'énergie ou de nœuds psychiques. Laissez les cristaux se déplacer comme bon leur semble afin de résoudre le problème, puis poursuivre leur chemin. Répétez sur l'arrière du corps (demandez au patient de se retourner) en partant du sommet du crâne et en descendant le long de la colonne vertébrale. Où que vous démarriez votre travail de guérison, vous finirez spontanément à l'arrière du pied opposé à celui du point de départ, afin de compléter votre circuit. Le soin et le rééquilibrage sont désormais terminés.

Après la séance, tenez-vous debout, pieds écartés et doigts pointés vers le sol, afin de laisser tout surplus d'énergie quitter votre corps. La personne sur laquelle vous venez de travailler sera certes parfaitement équilibrée, mais vous-même aurez absorbé le trop-plein d'énergie du patient et de l'Univers. Cependant en fin de séance, avant de se « nettoyer », certains praticiens passent les mains de chaque côté du corps de leur patient, depuis le sommet du crâne jusqu'aux pieds, à environ un bras d'envergure, puis font se rejoindre leurs mains sous les pieds afin de nettoyer l'espace énergétique ou l'aura. Ce geste, purement facultatif, est bien entendu plus facile à faire lorsque le patient est allongé. Lavez les cristaux ou purifiez-les en traçant des cercles au-dessus d'eux à l'aide d'un bâton d'encens aux notes florales.

SOIGNER UNE PERSONNE À DISTANCE

Pour soigner une personne sans que celle-ci ne soit présente, utilisez une petite sphère de cristal transparent ou n'importe quel œuf de cristal, en particulier dans les tons bleus, roses, violets ou verts. L'intérieur de la sphère peut présenter des marques ou des inclusions qui vont briller au soleil, à la lumière de la lune ou la lueur d'une bougie. S'il ne vous est pas possible de vous procurer ces pierres-ci, prenez n'importe quelle calcite ou fluorite lisse et roulée qui vous servira de point de concentration, ou encore un morceau brut d'améthyste ou de quartz rose.

Allumez une bougie de couleur rose ou lilas, si possible parfumée à la rose ou à la lavande, pour que sa lumière se réfléchisse à l'intérieur du cristal. Vous pouvez aussi travailler au soleil ou à la lueur de la lune, mais pensez à allumer une bougie malgré tout. Faites face à l'endroit où se trouve la personne (ou l'animal) au moment de la séance, en la visualisant à un endroit précis, dans une pièce de sa maison ou dans son jardin. S'il s'agit d'une personne ou d'un animal que vous n'avez jamais rencontré,

servez-vous d'une photo que vous placerez devant la bougie. En tenant le cristal entre vos deux mains, imaginez que des rayons sombres émanent du patient et pénètrent votre pierre pour être transformés en cercles de lumière cristalline et flotter, telles des bulles, jusqu'à la bougie où ils sont repris par la lumière. Ensuite, posez le cristal sur la table et passez vos mains au-dessus, les doigts pointés vers lui, sans toutefois le toucher, jusqu'à ce que vous ressentiez des picotements dans les doigts. Visualisez des flots de lumière cristalline blanche ou colorée pénétrant vos doigts, circulant jusqu'à votre cœur et dans tout votre corps, puis redescendre dans vos mains. Lorsque vos doigts vibrent d'énergie, tendez vos mains à la verticale et poussez doucement la lumière visualisée en direction de la personne, jusqu'à ce que vos bras soient complètement tendus, les mains toujours à la verticale.

Revenez au cristal, afin d'absorber davantage de lumière, puis poussez-la doucement dans l'Univers, jusqu'à ce que vous sentiez le pouvoir de la pierre diminuer et vos propres énergies refluer. La séance est désormais finie.

SOIGNER LES ANIMAUX

Si vous soignez des animaux, faites appel aux vertus des cristaux aux couleurs plus sombres, qui sont associés à la terre, ou aux pierres tendres et pâles dans les tons verts et bruns comme le jade, l'agate mousse ou l'agate arbre, l'agate rubanée, le jaspe marron, le quartz rutile ou fumé, ou le bois pétrifié. Le quartz rose ou la calcite rose sont parfaits pour les jeunes animaux. Un animal vous laissera peut-être le caresser doucement avec un cristal, d'abord dans le sens inverse des aiguilles d'une montre, puis vers la droite. Peu importe où se situe le problème, commencez par travailler d'abord sur les pattes, le dos et le sommet du crâne, en prenant garde à

éviter les zones sensibles. Les bienfaits thérapeutiques de la pierre circuleront dans son corps jusqu'à l'endroit où il en a le plus besoin. Autre option : quand l'animal ou l'oiseau est endormi, faites-lui face en vous plaçant à une trentaine de centimètres et tracez son contour dans l'air à l'aide du cristal, comme si l'animal se tenait directement devant vous. Passez le cristal sur cette forme invisible, imaginant la douceur du poil ou des plumes, jusqu'à ce que vous ressentiez une douce chaleur envahir vos doigts.

CINQ CRISTAUX À AJOUTER À VOTRE COLLECTION

Vous trouverez ci-dessous la liste de mes cinq pierres préférées pour soigner. Vous pouvez, si vous le souhaitez, les ajouter à votre collection grandissante de cristaux.

1. L'aragonite

Généralement brun doré, l'aragonite peut aussi être transparente ou orange. Elle dissipe la colère improductive qui perdure à la suite d'anciens préjudices et tempère ceux qui, toujours pressés, ont du mal à se poser. Au travail, elle permet d'échanger des opinions raisonnées quand les discussions sont dominées par les fortes personnalités qui cherchent à marquer des points. Elle protège les personnes vivant seules et celles qui doivent faire face à des comportements antisociaux. Enfin, elle chasse les mauvais rêves et fait barrage aux attaques psychologiques ou psychiques qui ont lieu pendant que l'on dort.

Si vous l'avez choisie comme cristal du jour, l'aragonite vous promet une vie personnelle et professionnelle plus harmonieuse, mais vous déconseille d'accepter d'en faire plus que de raison.

2. La chrysocolle

Cette pierre d'un vert profond tirant sur le bleu est souvent appelée « pierre de la sagesse féminine ». Elle protège de la violence domestique causée et subie par les deux sexes, des voisins obstructifs et de la malveillance sur les réseaux sociaux. C'est un cristal qui aide les femmes mûres à surmonter le préjudice lié à l'âge et à accorder de la valeur à la beauté naturelle. La chrysocolle empêche un partenaire amoureux d'avoir une aventure ou un partenaire professionnel d'agir de façon irresponsable. Enfin, elle est bénéfique pour les affaires des femmes entrepreneurs.

Comme cristal du jour, la chrysocolle vous indique que l'expérience l'emportera sur l'enthousiasme de la jeunesse. Ne vous laissez pas écraser, car vous savez mieux que quiconque ce qu'il faut faire.

3. La howlite

Veinée de gris ou de noir, la howlite blanche est le cristal de la santé physique, de la force et d'un désir de perfection de la plus haute exigence. Elle aide les adultes en situation de handicap et les enfants à réaliser leur potentiel, est utile pour accomplir sans paniquer les tâches que l'on nous a confiées dans le temps imparti et, lorsqu'on la place devant son entrée et sa porte de derrière, elle bénit la maison.

Vous l'avez choisie comme cristal du jour ? La howlite blanche vous demande de ne pas exiger l'impossible de vous-même, car vous êtes bien plus sévère avec vous qu'envers les autres.

4. Le bois pétrifié ou fossilisé

Cette pierre veinée aux nuances marron ou fauve provient des arbres fossilisés où le bois est remplacé, au cours d'un processus long de plusieurs millions d'années, par un minéral. Elle peut annoncer le retour d'un vieil

amour, apporter de la motivation si l'on entame une nouvelle carrière ou de nouvelles études après avoir pris sa retraite ou s'être fait licencier et favoriser les relations positives avec les membres de la famille ou les collègues plus âgés.

Si vous l'avez sélectionné comme cristal du jour, le bois fossilisé vous signale qu'il est temps de renoncer à une amitié ou une activité qui ne vous apporte plus aucune satisfaction.

5. La sélénite / le spath satiné

Orange, bleue ou blanc translucide aux reflets nacrés, la sélénite ressemble beaucoup au spath satiné, qui renferme des fibres sur lesquelles jouent les reflets de lumière blanche. La sélénite apaise la crainte de se voir rejeté et vient en aide aux adultes et aux enfants qui ont peur du noir. En bijou, ce porte-bonheur naturel qui favorise la chance, les voyages sereins, l'amour et la fécondité est parfait pour les femmes qui deviennent mères à un âge plus avancé, ou qui ont besoin d'une intervention médicale pour concevoir un enfant.

Comme cristal du jour, la sélénite vous indique que vous devez faire le premier pas vers la réconciliation avec vos partenaires ou votre famille, tout particulièrement avec les mères ou les enfants qui se sont montrés déraisonnables.

8

LES CRISTAUX PERSONNELS

Peu importe le nombre de cristaux que vous utilisez dans votre quotidien ou pour soigner : au cours des prochains mois, voire avant, vous allez tomber sur une pierre plus grosse que les autres qui semblera vous avoir choisi, vous. Vous la trouverez peut-être sur un étal dans un marché, ou la ramasserez sur la plage. Si vous êtes tombé amoureux d'une pierre particulièrement exquise, vous pourriez la demander comme cadeau d'anniversaire ou de Noël. Au moment où vous la toucherez, la connexion sera faite. Cependant, prenez votre temps et laissez-la vous trouver. Quand vous serez fatigué, tenir votre cristal spécial restaurera votre énergie. Lorsque vous vous sentirez agité, il vous apaisera. Assurez-vous de le conserver au centre de votre maison afin que l'abondance, la santé et la joie affluent, et que la négativité ou la malchance s'éloignent. Plus vous le garderez longtemps, plus son énergie sera amplifiée.

Pour le purifier et le recharger, installez-le sous abri, à l'air libre la nuit de la pleine lune. Si vous avez besoin d'un supplément d'énergie pour un rendez-vous ou un projet particuliers, placez-le la veille dès l'aube (ou à votre réveil) et jusqu'à midi dans un endroit où il captera la lumière.

Pour charger votre cristal spécial de chance, laissez-le dehors au cours d'une nuit étoilée. Le jour idéal pour le remplir d'énergies naturelles est le solstice d'été, aux alentours du 21 juin dans l'hémisphère Nord et du 21 décembre dans l'hémisphère Sud.

LES CRISTAUX ET LES ANGES ZODIACAUX

Dans de nombreuses traditions, divers gemmes et cristaux sont associés au mois de naissance et au signe astrologique. Vous trouverez ci-dessous une liste plus exhaustive que la normale, car je vous suggère aussi d'acheter votre ange zodiacal en cristal. Si aucune des pierres de naissance ne vous semble être la bonne, remplacez-la par un cristal de la couleur associée à votre signe.

Vous verrez que je fais également une description de votre ange astrologique en cristal et des énergies particulières qu'il peut, tout comme la pierre qui lui est associée, transmettre. Les petits anges en cristal sont relativement abordables et constituent une source puissante d'énergie et de protection. Notez que certaines pierres sont sous l'influence de plusieurs signes astrologiques.

Achetez un petit ange pour chacun des membres de votre famille, incluant les personnes présentes, absentes et disparues. Par la suite, ajoutez-en un à votre collection lors de chaque naissance, ou à l'arrivée d'un nouvel adulte dans la famille. Vous pouvez les disposer en cercle à l'endroit où vous conservez vos cristaux et les garder ainsi. Complétez la collection avec tout ange dont vous pensez avoir besoin, même s'il n'est pas en lien avec votre signe. Par exemple, un ange en pierre de lune pour Muriel, ange zodiacal du Cancer, permettra un sommeil serein. Portez votre pierre astrologique sur vous ou dans un pochon de la couleur associée au signe zodiacal chaque fois que vous avez besoin de force, de protection, d'un peu plus de chance que d'habitudes, ou de guérison, ou que vous souhaitez vous faire remarquer de manière positive.

Les cristaux et les anges associés aux signes zodiacaux font un cadeau de naissance idéal, mais peuvent également être offerts à un nouveau membre de la famille, à un bon ami pour une date anniversaire spéciale, ou à votre partenaire pour votre mariage ou votre emménagement à deux. Donnez un seul cristal par an à un enfant : par exemple, comme je l'ai suggéré plus tôt dans ce livre, une perle ou toute pierre qui peut être ajoutée sur un collier qu'on lui offrira pour ses dix-huit ans, qui sera porté par le jeune adulte, ou donné à son futur partenaire afin de faire le lien avec son enfance.

Lorsque vous fêtez un anniversaire ou une occasion particulière, ou quand vous avez besoin d'envoyer de la force et de l'énergie de guérison à des amis ou des membres de votre famille, allumez une bougie de la couleur associée à leur signe astral et tenez leur pierre ou ange astrologique à la lumière, leur adressant vos vœux. Laissez ensuite la bougie se consumer entièrement. Bien entendu, vous pouvez tout à fait faire cela pour vous-même.

Bélier : 21 mars - 20 avril

GEMMES ET CRISTAUX : agate rouge, cornaline orange, chalcopyrite dorée polie, diamant, pyrite de fer argentée, jaspe rouge, obsidienne aux reflets arc-en-ciel, dorés ou argentés, rhodonite rose, œil-de-tigre rouge.

PLANÈTE : Mars.

ÉLÉMENT : le feu.

ANGE ASSOCIÉ : Machidiel (ou Malahidael), ange guerrier ceint d'un halo et d'ailes d'un rouge doré étincelant.

FORCES CRISTALLINES DE L'ANGE : confiance en soi, fort sens identitaire, innovation, affirmation, action, courage.

COULEUR : rouge.

Taureau : 21 avril - 21 mai

GEMMES ET CRISTAUX : opale des Andes rose, manganocalcite rose, émeraude, jade, pierre de lune arc-en-ciel, rhodochrosite, quartz rose, tourmaline rose.

PLANÈTE : Vénus.

ÉLÉMENT : la terre.

ANGE ASSOCIÉ : entouré de rayons roses, Asmodel, ange de la beauté, crée ce qui a de la valeur.

FORCES CRISTALLINES DE L'ANGE : résistance, patience, fiabilité, loyauté, connaissances pratiques, stabilité, amour de la beauté.

COULEUR : rose.

Gémeaux, les jumeaux célestes : 22 mai - 21 juin

GEMMES ET CRISTAUX : agate, alexandrite, calcite jaune, chrysoprase citron, citrine, jaspe jaune, labradorite, opale, quartz citron.

PLANÈTE : Mercure.

ÉLÉMENT : l'air.

ANGE ASSOCIÉ : Ambriel ou Ambiel, l'ange messager du voyage, porte les couleurs dont le soleil se pare à l'aube.

FORCES CRISTALLINES DE L'ANGE : excellents talents de communication, adaptabilité, prédisposition pour la science ou la technologie, curiosité, intelligence, polyvalence.

COULEURS : jaune pâle, gris.

Cancer, le crabe : 22 juin - 22 juillet

GEMMES ET CRISTAUX : corail blanc, pierre de lune, opalite, perle, spath satiné, sélénite, quartz blanc opaque ou laiteux, topaze transparente.

PLANÈTE : lune.

ÉLÉMENT : l'eau.

ANGE ASSOCIÉ : vêtue d'une robe argent et gris perle et accompagnée de son merveilleux tapis volant, Muriel est l'ange de la guérison.

FORCES CRISTALLINES DE L'ANGE : sensibilité, gentillesse, imagination, femme d'intérieur et mère nourricière (en particulier vis-à-vis des enfants), sécurité émotionnelle, capacité à garder les secrets, sommeil paisible.

COULEUR : argent.

Lion : 23 juillet - 23 août

GEMMES ET CRISTAUX : ambre, opale de feu, quartz de feu, quartz arc-en-ciel, spinelle rouge, rubis, saphir blanc, sardonyx, pierre de soleil.

PLANÈTE : Soleil.

ÉLÉMENT : le feu.

ANGE ASSOCIÉ : Verchiel, baigné par les rayons dorés du soleil, apporte la joie.

FORCES : pouvoir, courage, générosité, noblesse, idéalisme, leadership, protection des faibles, talents d'artiste interprète face à un public.

COULEUR : or.

Vierge : 24 août - 22 septembre

GEMMES ET CRISTAUX : amazonite, calcite verte, grenat vert, jade, howlite blanche, agate mousse ou arbre, olivine, péridot, serpentine, quartz neige.

PLANÈTE : Mercure.

ÉLÉMENT : la terre.

ANGE ASSOCIÉ : Hamaliel, ange de la perfection, baigne dans une douce lumière verte.

FORCES : œuvrer pour atteindre la perfection, talents organisationnels, attention méthodique au détail, efficacité, dons de guérison, capacité à

persévérer dans une tâche routinière mais nécessaire et à la mener à bien, fiabilité.

COULEUR : vert.

Balance : 23 septembre - 23 octobre

GEMMES ET CRISTAUX : agate blue lace, calcédoine bleue, chrysocolle, lapis-lazuli, opale blanche ou arc-en-ciel, quartz bleu, rubellite/tourmaline rouge, saphir bleu.

PLANÈTE : Vénus.

ÉLÉMENT : l'air.

ANGE ASSOCIÉ : Zuriel, le professeur, est l'ange bleu pâle qui confère calme et raison à toute situation.

FORCES : harmonie, faculté à voir les deux côtés d'une situation, diplomatie, talents de conciliateur, sens profond de la justice, charisme.

COULEUR : bleu pâle.

Scorpion : 24 octobre - 22 novembre

GEMMES ET CRISTAUX : corail noir et rouge, hématite, obsidienne acajou, malachite, obsidienne noire, opale noire, perle noire, spinelle rouge, quartz titane, unakite.

PLANÈTE : Pluton.

ÉLÉMENT : l'eau.

ANGE ASSOCIÉ : Bariel, l'ange des petits miracles, est paré des couleurs du coucher de soleil.

FORCES : intensité, conscience religieuse, spirituelle et psychique, capacité à se transformer soi-même et à renverser les situations, faculté à recommencer de zéro ou redynamiser une situation stagnante.

COULEURS : indigo, bordeaux.

Sagittaire, l'archer : 23 novembre - 21 décembre

GEMMES ET CRISTAUX : aragonite orange, quartz aqua aura, azurite, bornite iridescente ou minerai de paon, chrysocolle, goldstone bleue, goldstone, howlite bleue, cristal de roche, topaze dorée, turquoise.

PLANÈTE : Jupiter.

ÉLÉMENT : le feu.

ANGE ASSOCIÉ : Adnachiel, l'ange de l'apprentissage et de l'exploration, est vêtu d'une toge jaune vif.

FORCES : expansivité, amour du voyage et de l'exploration, vision claire, quête de vérité, perspectives élargies, flexibilité, ouverture d'esprit, optimisme, enthousiasme, créativité (particulièrement dans l'écriture).

COULEUR : jaune vif.

Capricorne, le bouc : 22 décembre - 20 janvier

GEMMES ET CRISTAUX : aventurine verte, bronzite, bois fossilisé ou pétrifié, grenat rouge, onyx, rubellite/tourmaline rouge, quartz fumé, œil-de-tigre, quartz tourmaline, tourmaline noire.

PLANÈTE : Saturne.

ÉLÉMENT : la terre.

ANGE ASSOCIÉ : Anaël ou Haniel, protecteur et archange de l'amour et de la fidélité, est baigné de vert et d'argent et entouré de roses.

FORCES : pondération pleine de sagesse, persévérance en dépit de l'adversité, respect des traditions, ambition, autodiscipline, loyauté, fidélité, prudence en affaires.

COULEURS : indigo, marron.

Verseau, le porteur d'eau : 21 janvier - 18 février

GEMMES ET CRISTAUX : améthyste, opale des Andes bleue, angélite, célestite bleue, quartz bleu, sodalite, sugilite, quartz titane.

PLANÈTE : Uranus.

ÉLÉMENT : l'air.

ANGE ASSOCIÉ : grand et ténébreux, Cambiel est l'archange qui surveille, ou le gardien. Il vous protège jour et nuit de vos propres erreurs et des dangers extérieurs.

FORCES : idéalisme, indépendance, humanitarisme, inventivité, détachement face aux émotions ou aux préjudices, perspective unique sur le monde.

COULEURS : bleu foncé, violet.

Poissons : 19 février - 20 mars

GEMMES ET CRISTAUX : aigue-marine, aragonite transparente, béryl doré, pierre de sang, quartz girasol, kunzite rose et lilas, nacre, jaspe océan ou orbiculaire, tourmaline pastèque.

PLANÈTE : Neptune.

ÉLÉMENT : l'eau.

ANGE ASSOCIÉ : Barachiel, l'archange bleu et or de la foudre et de la chance, est ceint d'un halo qui lance des éclairs.

FORCES : dons intuitifs évolués, sympathie et empathie pour les autres, talents de conteur, conscience de l'existence de faits cachés, capacité à se fondre dans son environnement, spiritualité alternative.

COULEURS : blanc doux, mauve.

LES GEMMES D'ANNIVERSAIRE DE MARIAGE

Bien que certains gemmes et cristaux soient traditionnellement associés aux anniversaires de mariage, vous pouvez aussi offrir la pierre liée à la date du mariage, ou à celle qui aura une signification particulière pour vous deux.

LISTE OFFICIELLE DE L'ASSOCIATION AMÉRICAINE DU COMMERCE DE PIERRES GEMMES*

1er ANNIVERSAIRE	BIJOU EN OR
2e ANNIVERSAIRE	GRENAT
3e ANNIVERSAIRE	PERLES DE CULTURE OU NATURELLES
4e ANNIVERSAIRE	TOPAZE BLEUE
5e ANNIVERSAIRE	SAPHIR
6e ANNIVERSAIRE	AMÉTHYSTE
7e ANNIVERSAIRE	ONYX
8e ANNIVERSAIRE	TOURMALINE
9e ANNIVERSAIRE	LAPIS-LAZULI
10e ANNIVERSAIRE	BIJOU EN DIAMANT
11e ANNIVERSAIRE	TURQUOISE
12e ANNIVERSAIRE	JADE
13e ANNIVERSAIRE	CITRINE
14e ANNIVERSAIRE	OPALE
15e ANNIVERSAIRE	RUBIS
16e ANNIVERSAIRE	PÉRIDOT
17e ANNIVERSAIRE	MONTRES
18e ANNIVERSAIRE	ŒIL-DE-CHAT
19e ANNIVERSAIRE	AIGUE-MARINE
20ème ANNIVERSAIRE	ÉMERAUDE
21ème ANNIVERSAIRE	IOLITE
22e ANNIVERSAIRE	SPINELLE
23e ANNIVERSAIRE	TOPAZE IMPÉRIALE
24e ANNIVERSAIRE	TANZANITE

25e ANNIVERSAIRE	ARGENT
30e ANNIVERSAIRE	PERLES DE CULTURE OU NATURELLES
35e ANNIVERSAIRE	ÉMERAUDE
40e ANNIVERSAIRE	RUBIS
45e ANNIVERSAIRE	SAPHIR
50e ANNIVERSAIRE	OR
55e ANNIVERSAIRE	ALEXANDRITE
60e ANNIVERSAIRE	DIAMANT

*Initialement publiée en 2011 dans *Le Guide des cristaux* de Cassandra Eason, aux éditions Le Courrier du Livre, et reproduite ici avec l'aimable autorisation de l'auteur.

Purifier et recharger vos cristaux personnels

J'ai déjà suggéré plusieurs procédés pour nettoyer et recharger vos pierres après les avoir utilisées (voir pages 9 à 11). Cependant, pour vos cristaux spéciaux, il faut employer des méthodes très douces. Utilisez-les aussi pour purifier et recharger les cristaux fragiles.

Si une pierre est pointue ou angulaire, frottez-la doucement de la base vers la pointe, redescendez vers la base puis remontez, créant ainsi un mouvement rythmé.

Pour un cristal rond ou ovale, tenez-le dans la main avec laquelle vous n'écrivez pas et, de l'index de la main opposée, tracez des cercles à la surface jusqu'à ce que vous soyez connecté à son rythme naturel ou sa vibration interne, qui fera l'effet d'une douce pulsation.

Rechargez un cristal personnel en soufflant dessus trois fois et, entre chaque expiration, dites : « Sois *(respirez)* pour *(respirez)* moi *(ou nom de la personne, de l'animal ou de la famille pour qui vous chargez le cristal en énergie).* » Ensuite, prenez une nouvelle inspiration et nommez l'objet de cette consécration.

INDEX

Note : les pages indiquées **en gras** renvoient à la première occurrence de chaque cristal.

S

T

U

V

Z

Composition et mise en pages : Maogani

ISBN : 978-2-501-15699-8

7794751

Photogravure : Quadrilaser

Imprimé en Espagne par Unigraf

pour le compte des Éditions Hachette Livre (Marabout),

58, rue Jean-Bleuzen, 92178 Vanves CEDEX.

Dépôt légal : mai 2021

PAPIER À BASE DE FIBRES CERTIFIÉES

MARABOUT
s'engage pour l'environnement
en réduisant l'empreinte carbone
de ses livres.
Celle de cet exemplaire est de :
300 g éq. CO_2
Rendez-vous sur
www.marabout-durable.fr